ŒUVRES COMPLÈTES DE PIGAULT-LEBRUN

ADÈLE ET D'ABLIGNY

PRIX : **60** CENT. — PAR POSTE ET ÉTRANGER : **75** CENT.

PARIS

A. DEGORCE-CADOT, LIBRAIRE-ÉDITEUR, 9, RUE DE VERNEUIL, 9

ET CHEZ TOUS LES LIBRAIRES ET MARCHANDS DE JOURNAUX

ŒUVRES COMPLÈTES DE PIGAULT-LEBRUN

ADÈLE ET PAULINE

ŒUVRES COMPLÈTES DE PIGAULT-LEBRUN

ADÈLE ET D'ABLIGNY

PARIS

A. DEGORCE-CADOT, éditeur, 9, rue de Verneuil.

ADÈLE ET D'ABLIGNY

M. d'Alleville avait servi trente ans avec distinction. Lieutenant-colonel au régiment de Picardie, il se signala à la bataille de Lawfeld, et obtint, avec une retraite avantageuse, le grade de brigadier des armées du roi. Il revint à Amiens, sa ville natale, jouir de la considération des honnêtes gens, et manger une pension de mille écus, donnée en indemnité d'une fortune assez considérable, entièrement dissipée au service.

Recherché par la meilleure société d'Amiens, M. d'Alleville se livra aux plaisirs aimables, dont un officier français ne perd jamais le goût, même dans un âge avancé. Spirituel, enjoué, il savait faire oublier ses cinquante ans, et mademoiselle Dercourt jugea qu'avec ces qualités il pouvait convenir à une jeune personne jolie, bien élevée, et assez raisonnable pour préférer un bonheur tranquille aux bruyantes dissipations, qui étourdissent toujours et intéressent rarement.

Un homme âgé, qui n'est pas un fat, se rend ordinairement justice. Il se garde bien de s'attacher à une demoiselle de vingt ans ; il se garde surtout, s'il a eu le malheur de se laisser surprendre, d'un aveu qui peut lui attirer le désagrément d'un refus, et le ridicule qui accompagne les prétentions déplacées. Un homme âgé cependant peut-être clairvoyant, et se rendre à l'évidence. M. d'Alleville remarquait dans les manières, dans les procédés de mademoiselle Dercourt, quelque chose d'obligeant, d'affectueux même, qu'il n'osait interpréter en sa faveur, mais qui fixa son attention. La jeune personne lui parut charmante, et elle jugea, à certains mots qui lui échappèrent, que la défiance qu'il avait de lui-même l'empêchait seule de se livrer à des sentiments qui pouvaient faire leur bonheur commun. Elle était sage, réservée ; mais elle désirait un ami solide et vrai : elle crut pouvoir déclarer à M. d'Alleville ce qu'elle n'eût avoué en rougissant à un homme de vingt-cinq ans.

L'officier général reçut cet aveu comme une faveur aussi précieuse qu'inattendue, et les articles furent bientôt réglés. De l'attachement et une estime réciproque, une pension d'un côté, cent louis de rente de l'autre, tout cela fut mis en commun, et mademoiselle Dercourt continua de penser, même après quelques mois de mariage, qu'un époux de cinquante ans, tendre, empressé, aimable, vaut bien un jeune homme qui promet tout et ne tient rien, et qui bientôt ne laisse à sa femme que le regret de s'être indiscrètement liée.

M. d'Alleville avait une sœur mariée à un président au parlement de Rouen. Cette dame était loin d'être jolie, et les femmes laides sont ordinairement acariâtres ; elle était dévote, et les dévots ont rarement le cœur bon. Une messe ou deux tous les matins, son directeur toute la journée, son mari quand elle y pensait, tel était l'emploi du temps de madame d'Abligny. Il est clair qu'elle n'en trouvait pas pour s'occuper de son frère ; et M. d'Alleville, entré très jeune au service, dominé par des goûts différents, avait singulièrement négligé sa sœur. Il n'avait conservé pour elle que ces sentiments naturels à un homme bien né, et les égards qu'exigent les convenances. Il lui avait annoncé, par une lettre polie, l'engagement qu'il allait contracter, et madame d'Abligny, son directeur consulté et entendu, avait répondu à son frère qu'il y avait de la démence à se marier à cinquante ans, que le comble de la folie était de prendre une jeune fille sans fortune, qu'on ne devait rien attendre de personne s'il arrivait des enfants à qui on ne pût ni donner éducation, ni laisser d'état convenable ; et, le soir même, madame d'Abligny avait donné mille écus au couvent des Dominicains, dont son directeur était l'économe.

M. d'Alleville avait été très vif, et il conservait cette fierté qui sied à un homme estimable. Il opposa à ces duretés le langage de la raison, mais de la raison aigrie ; il se permit dès personnalités d'autant plus piquantes qu'elles étaient fondées.

Sa sœur saisit ce prétexte pour rompre sans retour avec lui, sur l'observation très judicieuse du directeur: qu'une sœur opulente gagne toujours à s'éloigner d'un frère dans la médiocrité.

M. d'Alleville était à l'armée lorsqu'il perdit ses parents. Négligent sur ses intérêts, comme tous les jeunes gens qui ne connaissent que la gloire et les plaisirs, il avait chargé de sa procuration un homme d'affaires, qui n'avait de pouvoirs que pour lui envoyer de l'argent quand il en avait besoin. Marié, il voulut connaître l'état précis de ses affaires; et peut-être aussi les mauvais procédés de madame d'Abligny lui en firent-ils naître l'envie, utant que les instances d'une épouse à qui il ne pouvait rien refuser.

Le président, son beau-frère, s'était saisi de toutes les pièces relatives à la succession; et sans blesser les principes d'équité et de désintéressement dont il faisait profession, il ne s'était pas oublié. M. d'Alleville se rendit à Rouen, ne vit pas sa sœur, écrivit à son mari pour demander communication des pièces; son homme d'affaires les examina de très près et reconnut que M. d'Alleville avait tant dépensé en équipages de campagne, en superfluités, en objets de fantaisie, qu'il ne lui revenait que la modique somme de dix mille francs. C'était peu de chose pour M. d'Abligny; c'était beaucoup pour un officier réduit au simple nécessaire: celui-ci demanda ce qui lui était dû avec le ton d'un homme piqué qui ne doit pas s'attendre à un refus.

M. d'Abligny était disposé à payer. Son épouse, qui possédait son Evangile, et qui y trouvait à chaque ligne le précepte du pardon des injures, ne pardonnait pas à son frère de réclamer ses fonds comme il aurait sommé le commandant d'une citadelle de se rendre; elle ne lui pardonnait pas davantage de n'avoir fait aucune démarche pour se rétablir dans ses bonnes grâces. Et le père Hyacinthe, qui prévoyait qu'une réconciliation mettrait un terme aux œuvres pies de la dame, nourrissait, augmentait en secret son ressentiment, en lui citant à tort et à travers des exemples tirés de la sainte Bible, entre autres les gentillesses du peuple de Dieu, Jephté immolant sa fille pour remercier le Seigneur. La jolie action de grâces!

Or, si un père immole sa fille, une sœur doit nécessairement haïr un frère qui se marie puisque cela lui plaît, qui a le ton tranchant, et qui veut qu'on lui rende compte de sa légitime. Or, quand un directeur a prononcé, une dévote n'a plus rien à répondre. Or, un mari qui aime la paix ne discute pas avec une femme entichée de dévotion, et M. d'Abligny aima mieux plaider contre un beau-frère qui avait raison que de se défendre des instigations d'une femme laide, exigeante et acariâtre;

et dans le fait, l'un est plus aisé que l'autre.

Cependant, pour ne pas se brouiller avec madame, M. le président eut la mortification de perdre ce procès en première et en seconde instance, il eut le chagrin de s'entendre blâmer hautement par ses confrères; il eut pour humiliation de voir pour la première fois chez lui des huissiers exploitant, le jugement à la main, prétendant saisir le mobilier ou palper les dix mille francs. M. d'Alleville, furieux des mauvaises difficultés que lui avait faites la chicane, n'avait plus rien ménagé: il retourna à Amiens avec ses fonds, et chargé de la haine de sa sœur, de son beau-frère, et surtout du père Hyacinthe, que cette affaire ne regardait pas, mais qui se mêlait de tout, selon le louable usage des gens de sa robe.

M. d'Alleville oublia bientôt ces désagréments passagers, au sein du plus heureux ménage. Sa femme, douce, attentive, prévenante, semblait n'exister que pour embellir ses derniers jours. La certitude d'être bientôt père, mit le comble à son bonheur; cet heureux moment fut attendu avec l'impatience naturelle à deux époux parfaitement unis; ils se livraient d'avance aux sensations nouvelles qui allaient étendre, multiplier leurs jouissances; ils ne prévoyaient pas que les humains sont bornés, que leurs facultés le sont comme eux, et qu'une félicité continue ne saurait être leur partage.

Madame d'Alleville mourut en donnant le jour à une fille. Son mari tenait à elle par l'amour qu'inspire une femme charmante, par la reconnaissance qu'éprouve un vieillard que n'a pas dédaigné la beauté; il tenait à elle par l'habitude d'être heureux, habitude si douce, et à laquelle on renonce si difficilement aux derniers moments de la vie. Il n'est plus de dédommagement alors, et ce qu'on perd est perdu sans retour. Le coup était terrible, et la raison n'en pouvait adoucir l'amertume; les soins mêmes de l'amitié déchiraient la blessure. Un sentiment unique pouvait remplacer celui auquel il fallait renoncer, la présence d'un objet chéri pouvait seul dédommager de l'absence de celle qu'on appelait en vain, et rattacher à la vie celui pour qui elle n'était plus qu'un fardeau; pour ne pas mourir enfin, il fallait être père, M. d'Alleville concentra sur sa petite Adèle et la tendresse qu'il lui devait et celle dont il fut prodigue envers sa respectable mère. Jamais enfant ne fut plus tendrement aimé, jamais père ne recueillit un prix plus doux de ses soins: celui-ci s'était chargé seul de l'éducation d'Adèle, et les progrès de son intéressante élève répandaient une sorte de charme sur les leçons les plus arides.

La malheureuse guerre de Hanovre amena, dix

ans après, un changement fâcheux dans la situation de M. d'Alleville. Les désastres qui nous accablèrent en Allemagne et en Amérique réduisirent le gouvernement à l'impossibilité de payer les pensions. M. d'Alleville fut obligé d'emprunter successivement différentes sommes sur le modique patrimoine de sa femme, et à la fin de la cinquième année les emprunts avaient totalement absorbé le capital. L'honneur était héréditaire dans cette famille, M. d'Alleville ne pouvait s'acquitter qu'en vendant un bien qui appartenait à sa fille : elle n'avait que quinze ans, il fallut la faire émanciper pour qu'elle pût signer sa ruine. Son père lui en fit la proposition les larmes aux yeux, elle lui répondit en l'embrassant.

Il ne leur restait rien que le sentiment intime de leur probité. Si ce sentiment n'efface pas toujours celui de la misère présente, il aide du moins à la supporter. Adèle, résignée et courageuse, possédait des talents aimables et des arts utiles; elle les consacra à son père, devenu infirme; elle s'occupa à en tirer un honorable salaire; elle égayait son travail par des caresses touchantes, elle en coupait l'uniformité par des attentions douces qui charmaient le vieillard, mais qui ne lui faisaient pas oublier l'état dangereux dans lequel il laissait sa fille.

L'inquiétude, des chagrins qu'il s'efforçait de cacher minèrent tout à fait un tempérament déjà affaibli par l'âge. Tout ressentiment s'éteint sur le bord de la tombe, et les écueils où Adèle allait rester exposée rappelèrent à son père l'opulence de sa sœur. Dans toute autre circonstance, il lui eût paru dur de solliciter pour sa fille les bontés de madame d'Abligny; il surmonta sa répugnance en pensant à son enfant sans appui et sans ressources : il écrivit à sa sœur en père malheureux et suppliant, il mourut en bénissant Adèle et en la recommandant à la Providence.

Elle n'avait de l'extrême jeunesse que la fraîcheur et la beauté, l'infortune avait formé son caractère et avancé sa raison; elle sentit qu'elle ne pouvait vivre seule dans une grande ville où les pièges naîtraient sous ses pas, et où la malignité empoisonnerait peut-être ses démarches les plus innocentes. La maison de sa tante ne lui promettait pas un asile riant, et c'était pourtant le seul qui lui convînt. Elle avait sacrifié sa fortune à sa probité, elle se décida à sacrifier son repos aux bienséances : elle voulut le modeste mobilier de son père, et elle se disposait à partir pour Rouen, lorsqu'elle reçut une lettre du père Hyacinthe; il lui mandait que sa tante ne pouvait, ne voulait rien faire pour elle, et il lui conseillait sèchement d'offrir ses peines au Seigneur.

Adèle avait dans l'esprit une sorte d'élévation qu'elle tenait de son père; cette lettre froidement insultante lui coûta des larmes mais n'abattit pas son courage. Elle oublia une parente qui méconnaissait les droits du sang, et se ploya au seul parti qu'indiquait l'honneur : c'était d'entrer chez une dame respectable qui adoucît les dégoûts du service par égard pour la mémoire de son père. Elle ne doutait pas que toutes les portes ne s'ouvrissent dès qu'elle aurait annoncé son dessein; elle se flattait de n'avoir que l'embarras du choix. L'infortunée ! elle ne savait pas qu'avec les vertus qu'on n'a point, on exige de ses domestiques cette complaisance aveugle qui supporte les caprices, les défauts et même les vices des maîtres. Mademoiselle d'Alleville n'était pas une fille à qui on pût commander librement, qu'on voulût rendre témoin de ces nuages qui s'élèvent même entre les plus honnêtes gens : on le pensait, on ne le disait pas; mais, malgré les grâces de sa personne et de son esprit, ses talents et son goût pour le travail, Adèle ne recueillit de ses démarches qu'une stérile compassion.

La vieille Thérèse avait servi M. d'Alleville quinze ans. Lorsque sa jeune maîtresse pensa se retirer chez sa tante, elle lui avait payé ses gages en pleurant, Thérèse pleurait en les recevant : elle avait vu naître Adèle, et elle l'avait élevée. Cette bonne femme était désormais l'unique ressource de l'intéressante orpheline. Elle fut la chercher, elle la pria de revenir auprès d'elle, et ce fut un jour de fête pour Thérèse.

Un très petit logement, bien élevé, à bien bon marché, mais bien propre, fut aussitôt arrêté. Thérèse se chargea de la propreté intérieure et des courses que nécessitaient les besoins du petit ménage. Adèle devait dessiner, broder, coudre et fournir ainsi à une dépense qu'on se promettait de régler d'après la plus sévère économie. Elle ne sortirait que pour entendre la messe, et toujours avec la fidèle Thérèse, mais elle n'y manquerait jamais les jours prescrits : dans l'état où elle était réduite, on a besoin d'un Dieu consolateur.

Pendant plusieurs mois ce plan de vie fut suivi avec exactitude; mais pouvait-il l'être toujours? Des résolutions stables, des privations pénibles s'accordent-elles avec un jeune cœur toujours prêt à se développer? Voyons comment celui d'Adèle se développa.

Madame d'Abligny, veuve depuis plusieurs années, avait un fils, qui ne lui ressemblait en rien. Beau, sensible, aimable, d'Abligny, sans prétentions, plaisait toujours sans le savoir. Il n'avait que dix-huit ans, mais il était l'unique héritier d'une fortune considérable; et déjà on pensait à l'établir.

Le père Hyacinthe se maintenait dans l'esprit de sa pénitente. Quelquefois elle s'apercevait de l'empire qu'il exerçait sur elle, et elle avait une forte envie de s'y soustraire; mais il faut qu'une femme de quarante ans tienne à quelque chose. Celle-ci aimait beaucoup le bon Dieu, mais elle aimait bien aussi à en parler avec son directeur : il s'exprimait avec tant de ferveur, son style mystique avait tant de grâces! et puis le bon père était si adroit! Avait-il un peu trop appesanti le joug, démêlait-il un peu d'humeur, ses manières devenaient plus souples, plus insinuantes, il flattait alternativement tous les faibles de la dame. Celui qui la dominait le plus était le désir de se voir renaître dans de petits-enfants. Le rusé frocard lui nommait les plus riches héritières de la robe et lui montrait dans l'éloignement d'Abligny parvenu à la première charge de la magistrature, moins par ses qualités personnelles que par la considération dont jouissait madame sa mère. Tel autrefois, ajoutait-il, David monta sur le trône du peuple de Dieu, non parce qu'il fût tempérant, brave, pieux, mais par l'assistance des saints prophètes. Ces galantes comparaisons et la perspective promise faisaient sourire madame d'Abligny, et jamais elle ne souriait que le père Hyacinthe n'en profitât en religieux attaché aux intérêts de son couvent. Il conserva encore quelque temps son ascendant par ses manœuvres; mais enfin un homme d'un caractère tout opposé l'attaqua et le perdit bientôt dans l'esprit de sa pénitente.

M. Montfort venait d'être nommé directeur des fermes à Rouen. C'était un homme de cinquante ans, très gros, très court, très gai, très officieux et très franc. Il était de ces gens qui disent clairement ce qu'ils pensent, qui vous donnent de l'argent en vous envoyant au diable; qui ne font jamais de compliments, mais qui vous serrent la main à vous faire crier lorsqu'ils vous estiment.

Libre de tout soin, Montfort ne respirait que le plaisir. La table, où il figurait à merveille, les beaux-arts qu'il connaissait à peine; l'antiquité, qu'il ne connaissait pas du tout; les bals où il dansait lourdement; les concerts, où il raclait de la contre-basse : tout était de sa compétence. Vingt mille livres de rente, jointes au produit considérable de sa place, lui permettaient de satisfaire tous ses goûts, et lui donnaient l'entrée des meilleures maisons. Il n'aurait eu que des ridicules s'il avait affecté des prétentions : il avait l'art de tout faire passer à la faveur de beaucoup de simplicité et d'esprit naturel. Il ne s'était pas marié, disait-il plaisamment, parce qu'il n'avait trouvé qu'une femme digne d'être la sienne, mais aussi il s'était jugé indigne d'être son mari.

Il rencontrait souvent d'Abligny dans les cercles brillants où il portait sa bizarre originalité. Le jeune homme lui plut beaucoup, il s'attacha sincèrement à lui, et, à travers ses boutades et ses propos burlesques, il laissait échapper d'excellents conseils que d'Abligny recevait toujours avec docilité, et dont il profitait quelquefois.

Il était difficile de vivre dans une certaine intimité avec le fils sans avoir quelque envie de connaître la mère. Depuis longtemps la dame avait quitté le monde : c'est chez elle qu'il fallait l'aller chercher, et le jeune homme se chargea volontiers de l'introduction. On n'aborde pas facilement une femme détachée de la terre : de là vient peut-être le vieux proverbe, *les valets sont plus difficiles que les maîtres*. Un jour madame était à l'office, le lendemain elle était en méditation, une autre fois elle était en conférence avec le père Hyacinthe. Montfort vit d'abord à quelle femme il aurait affaire. Il s'en expliqua avec le fils, et il comprit, malgré des réponses très ménagées, que le bon père était à peu près le maître de la maison, que madame d'Abligny lui donnait beaucoup, et que si elle vivait encore vingt ans elle pourrait bien ruiner son fils avec les meilleures intentions du monde. Il parut piquant à Montfort de rendre madame d'Abligny à la société, de reléguer le directeur dans son couvent et de s'amuser en servant son jeune ami. Il n'ignorait pas que les tics d'une femme de quarante ans sont durs à déraciner, et que la contradiction n'est bonne qu'à les enraciner davantage : il ne vit qu'un moyen pour se faire écouter, c'était de faire aussi le dévot. Ce personnage ne s'accordait guère ni avec ses habitudes ni avec sa vivacité; mais quel prix de sa contrainte que le plaisir d'en rire dans tous les cercles d'Abligny, où il respectait sa mère, ne se trouverait pas! Quel triomphe de supplanter un carme et de pervertir une dévote! Montfort se disposa à jouer son rôle aussi gaiement qu'il se serait préparé à remplir celui de Lysimon ou de Francaleu.

Il commença par écrire à madame d'Abligny une lettre vraiment édifiante. Lieux communs en usage parmi certaines personnes, citations des saints Pères, éloges pompeux de la piété de la dame, tout était mis en usage pour la disposer à jeter un œil bénévole sur sa dernière phrase. Il demandait en finissant la permission de la voir et de travailler avec elle au grand œuvre de leur salut. Des copies de la sainte épître circulèrent dans toutes les sociétés, des paris furent ouverts, les uns pariaient pour le bon père, les autres pour l'émissaire du diable : d'Abligny seul ignorait cela, parce qu'on était convenu de changer de conversation dès qu'il entrerait quelque part.

L'original était arrivé à son adresse. Montfort n'était pas assez bon comédien pour n'avoir pas chargé son rôle. La dame avait trouvé la lettre bien, mais le père Hyacinthe, à qui elle la communiqua, comme de raison, la trouva exagérée. L'importance du personnage, d'ailleurs, lui donnait de l'ombrage, et un moine, comme un autre, aime à gouverner seul. Hyacinthe fit des efforts incroyables pour persuader à madame d'Abligny qu'un homme du monde n'écrit ainsi qu'avec le dessein formel de tourner notre sainte religion en ridicule, et il observa qu'en supposant M. Montfort de bonne foi on s'exposait, en l'admettant, à voir troubler la régularité des exercices pieux et peut-être la douce harmonie qui régnait entre le directeur et la pénitente, sans qu'il pût en résulter un accroissement de lumières, parce que, sans doute, un directeur des fermes en sait bien moins en théologie qu'un carme déchaussé.

Madame d'Abligny ne voyait pas toutefois comme le père Hyacinthe : elle était femme, Montfort l'avait louée, et il était difficile qu'il eût tort auprès d'elle ; cependant elle n'osa pas contredire ouvertement son directeur. Il fallait répondre au nouveau néophyte, et elle se disposa à écrire avec docilité sous la dictée du saint homme. Hyacinthe voulait que la lettre fût conçue de manière à terminer la correspondance. Il n'avait pas coutume de dicter lunettes braquées, et il ne s'apercevait pas que la perfide dévote, qui n'avait pas été élevée comme lui avec des cuistres de collège, supprimait ou changeait toutes les expressions déplacées ; il ne se doutait pas, malgré sa grande habitude des parloirs, que ce premier pas fait conduisait nécessairement à un autre, et qu'avec l'air de l'écouter, et en répétant ses derniers mots, on donnait pour le lendemain, à la grand'messe de la cathédrale, un rendez-vous précisément à l'heure où lui, père Hyacinthe, dirait sa messe basse à son couvent. Il est douloureux sans doute de voir une femme pieuse mentir à son directeur, et après cet énorme péché commis sans remords il n'est pas aisé de voir où on s'arrêtera. Madame d'Abligny ne fit pas toutes ces réflexions, ou peut-être est-il difficile, impossible même de résister à quelqu'un qui a fait sourire notre amour-propre : quoi qu'il en soit, le paquet fut remis à l'hôtel des fermes de Rouen.

A l'heure indiquée, Montfort se rend à la cathédrale suivi des parieurs, des rieurs, des curieux et des oisifs du bon ton. Il entre dans le lieu saint se mordant les lèvres pour ne pas éclater, baissant les yeux pour ne rien voir qui le ramenât à sa gaieté, et tenant à deux mains son gros ventre, toujours prêt à s'échapper. Sur ses pas marche un laquais chargé d'un coussin et d'un sac de velours cramoisi bordés d'un large galon d'or et ornés aux quatre coins d'énormes glands du même métal. Dans le sac était un livre de prières couvert de maroquin et garni à toutes les pages de vignettes édifiantes. Ces objets, quelquefois respectables, avaient été prêtés à Montfort par une dame qu'Hyacinthe avait aussi dirigée, et qui ne pouvait pardonner à madame d'Abligny de s'être exclusivement emparée du saint homme. Ces plaisanteries sont autant de sacrilèges aux yeux des vrais croyants ; elles sont même déplacées à ceux des gens raisonnables, qui ne tiennent à aucune secte et qui les ménagent toutes : mais le clergé d'alors était si riche, si arrogant, si persécuteur surtout, qu'aux dévots près il comptait autant d'ennemis que d'individus. Aujourd'hui il est pauvre, humble, persécuté. Ceux qui ont tout renversé n'ont pas réfléchi que la persécution est toujours odieuse, quelles que soient ses livrées. On ne parle que de liberté, et on veut ôter à l'homme jusqu'au sentiment de sa conscience. On veut priver le malheureux de l'espoir qui le soutient dans ses peines, en l'éloignant des ministres consolateurs qui peuvent l'aider à les supporter. Plaignons-le, au reste, et n'en disons point de mal.

Montfort avait cherché madame d'Abligny, qu'on lui avait montrée du bout du doigt. Il s'était mis à genoux à deux pas d'elle, disposé à jouer une piété respectable quand elle est sincère et douce. L'irréflexion seule peut chercher à la rendre ridicule ; mais il y a tant de gens irréfléchis dans ce monde ! Montfort tire son bréviaire de son étui doré et, regardant alternativement ses vignettes et la dame, il avait l'air de dire au ciel : Mon Dieu, défendez-moi des distractions ; et à la béate : Voyez quelle est mon exactitude. Le ciel était muet selon sa coutume ; mais la dame répondait de la prunelle, et très distinctement. Il eût été dur de s'en tenir à ce langage : on peut causer quand le saint sacrifice n'est pas commencé, surtout quand on cause à voix basse, et qu'on ne s'entretient que de choses pieuses. Montfort s'approcha à gauche, madame d'Abligny fit un mouvement à droite, on se fixa, on se parla, on parut content l'un de l'autre. La conversation de Montfort n'avait pas la sécheresse de celle du père Hyacinthe ; il ne paraissait ni exigeant ni intéressé, il avait cette gaieté simple et naïve qui n'effarouche personne, et que tout le monde aime à rencontrer dans le monde. Madame d'Abligny éprouvait souvent le besoin de changer de situation. L'occasion s'en présentait si naturellement, qu'il était difficile qu'elle ne cherchât pas à en profiter. Montfort est d'un âge mûr, le cœur de la maman ne sera pas troublé. Montfort a une de ces figures ouvertes qui inspirent la confiance, et on ne peut lui supposer d'intention dangereuse en aucun genre. Il paraît seulement vouloir causer : le lieu est mal choisi, sans doute ; mais une première conversation est indispensable pour en amener d'autres qui ne feront naître aucun scrupule. On laissa donc parler Montfort et on l'écouta avec plaisir.

Il avait une logique serrée qui eût persuadé des adversaires plus forts que madame d'Abligny. Elle consent qu'un dîner qui ressemblerait à la cène ou au souper du château d'Emmaüs, où on n'admettrait que de bonnes âmes, où il ne serait pas question de choses mondaines, et où, au lieu de l'ariette du jour, on chanterait quelque cantique... Ici Montfort reprend : « Oui, madame, quelque cantique, après lequel on se permet un passe-pied ou une matelote entre gens d'un âge mûr. Il est bien entendu que l'immodeste valse est proscrite sans retour. On peut même, par esprit de mortification, mettre des coquilles de noix dans ses souliers, ainsi que faisait saint Louis, lorsque son rang l'obligeait de figurer à des fêtes où il voulait concilier la pénitence et la royauté. Non les coquilles de noix ne sont pas nécessaires, » répond madame d'Abligny. Et elle ne s'aperçoit pas que l'office est fini, que les fidèles se sont retirés, qu'elle a passé son bras sous celui de Montfort, qu'elle est environnée de quelques personnes qu'elle ne connaît pas encore, mais sur lesquelles le suffrage de Montfort la rassure, et qu'enfin elle est assise à une table de vingt couverts, dont le surtout est chargé de figures plus ou moins agréables et qui plaisent à une imagination longtemps comprimée. Les tableaux, l'ameublement sont d'une élégance recherchée, et madame d'Abligny sent bien qu'il faut encourager l'industrie, et donner au père de famille laborieux les moyens d'élever sa famille.

Le dîner fut charmant, tout le monde joua parfaitement son rôle ; ou si quelqu'un s'échappa, ce fut si modestement, ou si bas, que la vertu de la dévote ne pouvait s'en alarmer. Pénétrée d'une joie naïve et pure, elle chevrota la romance de sainte Geneviève de Brabant ; après une légère résistance, elle dansa le menuet ; danse grave qui n'éveille pas les sens ; et enfin elle avoua de bonne foi que cette façon nouvelle de faire son salut valait bien celle que prescrivait le froid et boudeur Hyacinthe ; elle convint encore que souvent elle s'ennuyait complètement avec lui, et elle ajouta à l'oreille de Montfort que la crainte des dévots et de l'éclat d'une rupture était le seul motif qui la retint en ce moment. Montfort ne manquait pas de ce qu'on appelle l'esprit du moment ; il saisit avidement cette ouverture : il répondit que les vrais dévots ne peuvent estimer un religieux toujours absent de sa communauté et s'exposant sans cesse auprès d'une femme aimable qu'il ne doit voir qu'au confessionnal. Ici madame d'Abligny sourit le plus agréablement qu'il lui fut possible ; et Montfort, rassuré sur la manière dont on prenait le premier coup porté au père Hyacinthe, ajouta qu'un moine qui s'est engagé à suivre les traces des pères du désert, doit non seulement vivre comme eux dans la retraite, mais observer surtout son vœu de pauvreté, et de ne pas mettre à de fréquentes épreuves la générosité des fidèles qu'il dirige ; quant aux embarras de la rupture, il avait un moyen tout simple de les éviter ; et Montfort présente la main à la dame, et les convives la suivent, et on monte dans cinq ou six carrosses qui attendent à la porte, et on part pour la campagne.

Une maison charmante, où un laquais intelligent courait ventre à terre changer des chambres de la plus grande fraîcheur en autant d'oratoires ; un jardin anglais délicieux, dont les endroits retirés offraient des statues que le charron du lieu remplaça par des croix faites à la hâte ; un Apollon trop pesant pour être facilement transporté, mais à qui on cacha certaines choses avec une peau d'agneau et qu'on transforma ainsi en saint Jean-Baptiste ; un jeune chapelain, frais comme la rose, qui expédiait une messe en cinq minutes, et qui devait dire aussi lestement les prières du matin et du soir ; un cuisinier excellent, une cave parfaitement garnie, la balançoire, la chasse, la pêche pour les heures de récréation, tels étaient les dédommagements qu'on offrait à madame d'Abligny de la perte du révérend père Hyacinthe, tels étaient les moyens qu'on opposait à une vieille et insipide habitude. Insensiblement la ferveur diminue, le goût du plaisir augmente, une sincère amitié pour Montfort fait oublier la mome rie, on est enfin pervertie au point d'écrire très nettement et très sèchement au bon père qu'on le dispense à l'avenir de la conduite d'une âme assez forte pour se diriger elle-même, et qu'on espère en conséquence qu'il voudra bien ne pas reparaître à l'hôtel.

Hyacinthe n'était pas homme à abandonner ainsi la partie, il prit tout cela pour l'effet d'une boutade qui ne tiendrait pas contre son éloquence. Il écrivit une espèce d'homélie qu'on ne manqua pas de tourner en ridicule, parce que cette arme, toute puissante en France, ne laisse aucune ressource à celui qu'elle attaque, et que madame d'Abligny, trop engagée pour reculer, pouvait craindre d'en être frappée elle-même, si elle n'était pas la première à rire de son directeur : or, une dévote telle qu'elle était alors craint un peu plus le ridicule que le ciel. Madame d'Abligny rit donc pour la première fois du style du père Hyacinthe, et là

Le père Hyacinthe, directeur de madame d'Abligny.

finit sans retour son empire, à la grande gloire des conjurés.

On revint à Rouen, et madame d'Abligny se répandit dans le monde. Elle vit tous les jours Montfort et ses amis, son fils à tous les instants; elle cessa d'entretenir des moines, et elle rétablit l'ordre dans ses affaires, bien qu'elle donna souvent de très jolies fêtes, dont Montfort était l'ordonnateur. Montfort enfin devint l'homme par excellence: il s'attacha à elle à son tour et cette intimité ne finit qu'avec leur vie. Montfort ne se borna pas à être un ami vrai et chaud, il entreprit de faire une femme aimable de madame d'Abligny, et il y réussit complètement: l'unique défaut qu'il lui resta de la dévotion, et dont il ne put pas la corriger, était de ne jamais pardonner à ceux contre qui elle était prévenue; mais elle eut été parfaite sans cela et il fallait bien qu'elle fût femme par quelque côté.

La jolie et malheureuse Adèle continuait de vivre selon le plan qu'elle s'était tracé; la bonne Thérèse, aussi soumise qu'aimante, ne désobéissait que sur un point. Ne concevant pas que la tante d'une jeune personne aussi séduisante pût être toujours inexorable, elle courait chez l'écrivain public lorsqu'elle avait mis quelque chose en réserve sur les petites emplettes qu'elle allait faire; elle dictait en pleurant des lettres qu'elle croyait très pathétiques et très persuasives. Madame d'Abligny n'y répondait jamais parce qu'elle ne les lisait plus, elle en faisait ordinairement de petites pelotes pour faire jouer *Minet*; et la sensible Thérèse allait régulièrement à la poste savoir s'il n'y avait point de lettres de Rouen à son adresse; elle revenait en soupirant, et s'efforçait de sourire en s'approchant de sa jeune maîtresse; elle se serait bien gardée de l'affliger en lui parlant de la dureté de sa tante et elle craignait autant de se brouiller avec elle pour avoir continué d'écrire malgré sa défense positive.

Une des lettres de cette bonne Thérèse fut remise pendant que Montfort était avec madame d'Abligny: il marqua de l'étonnement de la voir chiffonner avant qu'on en eût pris lecture; on lui répondit qu'on avait vu la signature et que cela suffisait. Les plaintes, les prières, les supplications de Thérèse sont accrochées à un fil et excitent les mouvements souples et moelleux de *Minet*. Mont-

fort, stupéfait, ne concevait rien à cette indifférence ou à ce mépris marqué pour l'écrivain ; il en
glissa quelques mots en faisant un trictrac, et n'obtint que des réponses évasives : il connaissait trop
le caractère de la dame pour insister en ce moment;
mais en se retirant il roula sous ses pieds le joujou
que *Minet* avait déjà abandonné, et il le mit dans
sa poche. On n'accusera pas Montfort d'une indis-
crétion condamnable, si on réfléchit qu'une lettre
employée à un tel usage semble abandonnée à
quiconque voudra la lire, n'intéresse, par conséquent, point la personne à qui elle est adressée, et
ne doit rouler que sur des choses indifférentes à
celle qui l'a écrite. La singularité du procédé de
madame d'Abligny, et son affectation à détourner
des questions fort simples, était seulement ce qui
avait piqué la curiosité de Montfort : il eût mieux
fait sans doute de ne pas la satisfaire ; mais il fallait bien qu'il fût homme aussi par quelque côté.

Quelle fut sa surprise lorsqu'il vit que son amie
avait à Amiens une nièce dans le besoin, abandonnée aux écueils de son âge, dont une pauvre ser-
vante avait seule pitié, et pour qui elle sollicitait
en vain quelques secours ! « Ses yeux, disait la
bonne Thérèse, ses yeux sont rouges à force de
veilles et de travail ; peut-être aussi est-ce qu'elle
pleure quand je n'y suis pas. Un peu d'aide, ma
bonne dame, pour la fille de votre frère ; un peu
d'aide, au nom de Dieu ! »

Montfort était vif et gai, mais il était sensible et
bon : il brusquait communément tout le monde,
mais il refusait rarement. Les refus de madame
d'Abligny lui firent croire d'abord que sa nièce
avait mérité sa disgrâce par quelque faute majeure;
cependant il résolut de lui être utile, et après avoir
brouillé madame d'Abligny avec le père Hyacinthe
il était assez naturel de ne pas douter du succès
des démarches qu'il se proposait de faire pour la
rapprocher d'Adèle. Il était bon avant d'agir d'avoir
quelque connaissance des faits. Montfort interrogea
le jeune d'Abligny, de qui il devait attendre une
explication détaillée : le petit cousin ignorait qu'il
eût une cousine. Depuis le malheureux procès
intenté par M. d'Alleville on n'avait pas prononcé
son nom à l'hôtel, et d'Abligny était encore au
berceau lors du mariage de son oncle.

Montfort, aussi opiniâtre à suivre une bonne
action qu'une plaisanterie, ne se rebuta point ; il
écrivit au directeur de la douane d'Amiens, et lui
demanda sur Adèle les renseignements les plus
positifs. La réponse fut tout à l'avantage de l'orpheline. L'écrivain remontait à l'origine de la haine
de madame d'Abligny pour son frère et son innocente fille, il s'étendait avec complaisance sur les
charmes, la sagesse, les talents et la résignation

d'Adèle ; la lettre, enfin, était conçue de manière à
enflammer la tête de Montfort, déjà disposé en
faveur de la jeune personne. Certain désormais
d'avoir la raison de son côté, il ne balança plus à
parler fortement à sa tante ; il se promit bien de
ne rien ménager, et il ne craignait pas de compromettre un empire plus sûr que celui du père Hyacinthe : le sien reposait sur le plaisir.

Il entre chez madame d'Abligny, qui lisait vo-
luptueusement le Cantique des cantiques si heureusement mis en vers par Voltaire. Elle ne ressemblait pas plus à la Sulamite que Montfort au
Chaton : cependant elle sourit en le voyant. Bienséances, préjugés, devoirs, vous imposez la nécessité de combattre ; mais lit-on le Cantique des
cantiques sans vous oublier un peu ? « Il est bien
question de rire, madame, dit Montfort en se je-
tant sur une chaise longue. — Qu'avez-vous donc,
mon ami ? — Je suis dans une colère épouvanta-
ble. — Ah ! ah ! et contre qui ? — Eh ! parbleu !
contre vous. — Voilà du nouveau, par exemple.
— Ne rougissez-vous pas ?... Et de quoi, ce livre ?
— Qu'importe ce bouquin ? — C'est Voltaire. —
A la bonne heure. — Vous me l'avez recommandé.
— Soit ; mais vous avez une nièce, madame, vous
avez une nièce, eh ! eh ! — Ne me parlez pas de
cela. — Que tout le monde estime. — J'en suis
bien aise. — Et que tout le monde aime, entendez-
vous, madame, parce qu'elle est fort aimable. —
Après ? — Et vous, femme opulente, qui prétendez
aussi à l'estime des honnêtes gens, vous laissez cette
enfant dans la misère, vous la réduisez à travailler
jour et nuit pour se procurer une misérable existence ! — Ne me parlez pas de cela, vous dis-je ;
taisez-vous, je le veux. — Que je me taise, corbleu !
ah ! vous n'êtes pas au bout, je ne suis pas votre
ami pour applaudir à des sottises, je le suis pour
vous dire la vérité, et palsambleu, vous m'enten-
drez. » Ici, madame d'Abligny se lève, jette son livre
avec dépit et sort précipitamment. Montfort la suit
de son boudoir au salon, du salon à la salle à
manger, de la salle à manger au jardin ; elle court
se réfugier dans le pavillon chinois. Montfort
l'aurait suivie au bout de la ville ; il était sur ses
talons, et criait à tue-tête : « Quel plus noble
usage voulez-vous faire de vos soixante mille livres de rente que d'en aider une fille belle, ver-
tueuse, infortunée, et dont vous avez à vous reprocher le malheur ? Croyez-vous qu'un peu d'or
arraché par mes importunités répare vos premiers
torts ? Non, madame, il ne les réparera pas, mais
il les fera peut-être oublier à votre victime... Mon
amie, ma bonne amie, ne me mettez pas en colère,
cela trouble la digestion et dérange la santé. » En
finissant, Montfort fermait la chinoise et mettait la

clef dans sa poche. « Quoi, monsieur, me retenir prisonnière ! Jusqu'à ce que vous m'ayez promis de faire quelque chose pour Adèle. — Je ne lui dois rien. — Mais savez-vous qu'avec tout votre esprit vous finissez par extravaguer ? Comment, vous ne devez rien à votre nièce, vous ne devez rien aux bienséances ! — Son père m'a outragée de la manière la plus sensible. — Prétexte puéril, madame, votre frère n'est plus, les torches de la haine doivent s'éteindre sur le seuil des tombeaux. — Je ne hais personne. — Eh ! que faites-vous donc si vous ne savez pas pardonner, si vous délaissez Adèle, Adèle que vous ne connaissez pas, qui est restée orpheline sortant à peine de l'enfance, qui n'est donc pas coupable des fautes supposées ou réelles de son père, qui travaille à Amiens, qui travaille pour avoir du pain, tandis que la fortune vous comble à Rouen de ses plus précieuses faveurs ! Considération, amitié, fils aimable, vous avez tout, hors le plaisir de faire du bien. Assurez-vous cette jouissance, elle donne aux autres un nouveau prix... Que diable ! écoutez-moi donc, ou je me fâche sérieusement ; vous courez de chaise en chaise, de coin en coin : faisons-nous une partie de barres ici ? Finissons, il est temps, car je suis hors d'haleine : le dixième de votre superflu, madame, et je ne demande plus rien. — Mais qu'a-t-elle donc, cette fille ! qui vous intéresse tant ? — Ce qu'elle a, ce qu'elle a ! son malheur et ma sensibilité : je ne suis pas un élève des carmes déchaussés. — Vous êtes un impertinent ! — Non, ma bonne amie, je suis un homme franc, et vous le savez bien. — Je me brouillerai avec vous. — Ce serait tant pis pour tous deux. — Ah ! de la fatuité ! — Ah ! vous changez de conversation : revenez, s'il vous plaît ; abjurez une pitoyable prévention et rendez-vous. — Efforts inutiles ! je ne la verrai jamais, je ne ferai rien pour elle. — Eh bien, corbleu ! je ferai moi, je suis riche aussi, et j'ennoblirai ma fortune par l'usage que j'en vais faire : je suis garçon, j'adopte Adèle, je donnerai et je ne vous humilierai point, je donnerai en votre nom. » Montfort rouvre la porte, sort avec vivacité, soutenant d'une main son gros ventre, et essuyant de l'autre la sueur qui roule de ses sourcils épais sur son double menton. Il rencontre d'Abligny : « Ta mère est la femme la plus entêtée, la plus haineuse que jamais moine ait façonnée. Viens avec moi, mon ami. Ta cousine est une fille méritante, il faut qu'elle dorme la nuit, qu'elle se ménage le jour, et surtout qu'elle ne pleure plus ! cela gâte de jolis yeux. » Et les voilà tous deux dans la voiture de Montfort, traversant les rues de Rouen au galop, et montant à son cabinet aussi vite que le

permettent les jambes courtes et épaisses de M. le directeur. Deux rouleaux de cinquante louis sont tirés du secrétaire. « Tiens, d'Abligny, voilà du papier, écris, et écris au nom de ta mère ; ménageons-la quoiqu'elle ne le mérite guère. Eh bien ! pourquoi me regarder d'un air mécontent ? Ah !... je vois ce que c'est, monsieur est délicat, il souffre de voir un étranger venir au secours de sa cousine. As-tu de l'argent, toi ? Non, n'est-ce pas ? Laisse donc faire le meilleur ami de ta famille ; ceci d'ailleurs n'est qu'une avance que je compte, parbleu, bien retirer tôt ou tard. Allons, finissons ; écris, je dicte : « Ma mère oublie les torts de son « frère et vous rend son amitié, vous recevrez tous « les six mois une somme égale à celle que je « joins à cette lettre ; et quand vous aurez en « vue un établissement, nous vous donnerons des « marques plus sensibles de notre amitié. » Finis cela par quelque chose d'affectueux, fais porter le paquet à la poste, et ordonne à ton suisse de le remettre toutes les lettres qui viendront d'Amiens, je ne veux pas qu'elles servent de jouet à *Minet* ni qu'elles donnent davantage de l'humeur à ta mère ; car encore faut-il avoir pitié de sa malheureuse faiblesse, en attendant que je puisse l'en corriger : ce sera l'affaire du temps. »

La bonne Thérèse avait perdu tout espoir de toucher madame d'Abligny, et cependant elle allait toujours à la poste. Ainsi une amante, une mère, une épouse dont l'Océan emporte l'objet le plus chéri suit un vaisseau des yeux, le cherche longtemps encore après qu'il est disparu, retourne au lieu où elle l'a perdu de vue, et lorsque des années ne lui permettent plus de douter que le bonheur de sa vie n'ait été englouti par les flots, elle court encore au-devant du bâtiment qui se présente au port, elle soupire en voyant son espérance déçue ; d'autres vaisseaux la tromperont demain, dans un mois, dans un an, et elle ne laissera pas d'espérer : il faut des jouissances à l'être fortuné et des chimères aux malheureux.

Celle de Thérèse devait enfin se réaliser. Qu'on se figure l'état de la bonne vieille lorsqu'elle reçut cette lettre, tant attendue, et de l'or, beaucoup plus d'or qu'elle n'en avait vu dans toute sa vie ! Sa pesante paupière se leva vers le ciel, ses mains se joignirent, ses genoux tremblants se dérobèrent sous elle ; mais, la joie ranimant bientôt ses membres engourdis, elle trotte appuyée sur un bâton noueux, elle arrive, elle jette ses bras au cou d'Adèle et lui remet sa lettre et son trésor, et elle tombe sans force et sans haleine dans son vieux fauteuil de bois nouvellement rempaillé.

Si la fierté est naturelle à un cœur bien placé, qu'elle élève au-dessus du malheur, un acte de bienfaisance, une démarche amicale le ramènent promptement à la bonté qui lui est propre. L'aversion qu'avaient fait naître les premiers procédés de madame d'Abligny s'effaça aussitôt du souvenir d'Adèle ; elle descendit dans son cœur, le meilleur peut-être qu'ait formé la nature; elle n'y trouva que la reconnaissance, et cédant à sa douce impulsion elle se hâta d'écrire sans réflexion, sans apprêts; elle laissait courir sa plume, son âme seule dictait.

Son style, simple comme ses mœurs, touchant comme sa figure, fit une sorte d'impression sur son cousin, si capable de l'apprécier. Il éprouva aussi le besoin d'écrire, il répondit au nom de sa mère, mais il commença à parler de lui. Ce n'était pas un sentiment prononcé qui l'entraînait vers Adèle, il ne la connaissait point. Il savait seulement qu'elle était jolie, très jolie, sa manière d'écrire le séduisait; en fallait-il davantage pour qu'il cherchât à entretenir cette correspondance? Il ne se rendait pas bien exactement compte de ses motifs; il se disait, il croyait même peut-être n'avoir d'autre but que de connaître précisément la situation de la petite cousine, de lui être utile à l'occasion, de réparer autant qu'il serait en lui les injustices de sa mère. On fait du chemin en peu de temps quand on croit n'avoir pour guides que l'humanité et les liens du sang.

Adèle ne manquait pas d'écrire lettre pour lettre; et à mesure que l'intimité s'établissait, elle écrivait avec plus de grâce, avec plus de chaleur, et elle était bien excusable : elle croyait écrire à sa tante. Sa première lettre avait intéressé, la seconde donna le désir de la connaître; les autres changèrent ce désir en passion. Seize ans, des charmes, de l'esprit, de la sensibilité, quel homme de vingt ans tiendrait contre tout cela? Ce n'était encore qu'un désir vague, enfant d'une imagination ardente; mais sa puissance créatrice décore, embellit tout, elle fait des dieux et les adore: heureux d'Abligny! il ne pouvait rien imaginer qui ne fût au-dessous de la réalité.

Mais comment s'y prendra-t-il pour voir sa céleste cousine? Un jeune homme de dix-huit ans n'est pas tout à fait maître de ses actions. Demander à sa mère la permission de faire le voyage d'Amiens, c'était infailliblement se brouiller avec elle; partir sans son agrément, c'était plus qu'il n'eût osé.

Un parti mitoyen se présenta : amour et jeunesse sont inventifs. Il demanda à Adèle son portrait, il le demanda pour sa bonne tante, à qui sans doute elle ne refuserait pas cette marque d'attachement, et la candide Adèle fait courir Thérèse. On trouve un peintre à qui le modèle inspire

le feu du génie; la beauté pose, l'ivoire s'anime, le portrait se termine, il est expédié pour Rouen. Il était charmant, et n'était point flatté : on gâte quelquefois les grâces, on ne saurait les embellir.

Ce dangereux portrait fixa enfin les idées du petit cousin. Il connut sa cousine, mais l'ivoire ne lui suffit plus. Il sentit que le bonheur l'attendait près du modèle si un sentiment sympathique parlait aussi en sa faveur : l'espérance, la crainte, le flattaient, l'agitaient tour à tour, et la lettre qui accompagnait le portrait ajoutait à son trouble et le jetait dans un embarras inexprimable. Adèle entièrement subjuguée par les choses tendres et délicates qu'on lui écrivait au nom de sa tante, persuadée par la demande de son portrait qu'il ne restait plus de traces des anciennes divisions, Adèle avait cru pouvoir renouveler ses premières instances, et elle demandait pour unique grâce d'être admise dans une maison qu'il lui était permis de regarder comme son asile naturel. Que pouvait répondre d'Abligny? Avouer ses petites ruses, c'était se perdre sans retour peut-être dans l'esprit de sa cousine; lui déclarer que la haine de sa tante se maintenait dans toute sa force, c'était détruire une erreur qui depuis quelque temps consolait, soutenait la trop intéressante orpheline; la faire arriver à Rouen sur l'espoir de l'effet qui pourra résulter d'une entrevue entre elle et madame d'Abligny, c'était la compromettre de la manière la plus évidente; que faire donc, bon Dieu? disait d'Abligny en se frottant le front et en frappant du pied.

Il eut quelque envie de s'ouvrir franchement à Montfort : ce parti était le plus sage sans doute; mais amour et sagesse ont-ils jamais habité ensemble? D'Abligny cherchait, comme tous les jeunes gens, des raisons à opposer à la raison elle-même. Montfort avait cinquante ans : compatirait-il à des peines qu'il ne pouvait plus éprouver? Entrerait-il dans des détails qui lui paraîtraient au-dessous de lui? Favoriserait-il une intrigue tout à fait opposée aux vues de sa meilleure amie? Et s'il croyait sa délicatesse intéressée à avertir sa mère de sa conduite envers Adèle, s'il supposait Adèle elle-même d'intelligence avec lui, qu'il retirât la main bienfaisante qui l'avait arrachée à la misère... Non, il ne pouvait s'ouvrir à Montfort; il ne pouvait choisir pour confident qu'un jeune homme porté aux mêmes goûts, sujet aux mêmes faiblesses, et par conséquent rempli d'indulgence. Son choix tomba sur un joli capitaine de cavalerie, en garnison à Rouen, bien étranger à toutes ces circonstances, mais bien sémillant, bien vif, et peut-être un peu libertin, faisant le bien par boutade, le mal par occasion, tenant beaucoup à sa figure, raillant agréablement, riant de tout, tournant tout en ridicule et ne connaissant qu'un devoir, celui d'être brave : c'était un jeune homme du meilleur ton.

Voilà mes Catons de vingt ans, conférant, raisonnant, discutant et arrêtant, après bien des débats, que l'article essentiel était de gagner du temps, et que pour cela il fallait continuer de mentir; qu'en conséquence d'Albigny écrirait à Adèle qu'on la recevrait avec un vrai plaisir, mais qu'on allait lui arranger un appartement convenable, et qu'ainsi elle ne pouvait penser à se mettre en route avant deux mois. Or, comme deux mois sont un terme prodigieux, il est impossible qu'il ne se présente pas, en deux mois, quelque circonstance favorable, et il n'était pas douteux que tout s'arrangeât au gré de d'Abligny, qui ne savait pas encore ce qu'il voulait.

Cependant deux mois sans voir Adèle paraissent bien long au petit cousin. Il devenait triste, rêveur, l'incarnat de ses joues, le velouté de la pêche dégénéraient en une pâleur alarmante. La saison des semestres approchait, le joli capitaine était de Lyon, il se disposait à partir; il jugea que la dissipation, que des objets nouveaux rétabliraient le calme dans le cœur de son jeune ami; il lui proposa de venir passer l'hiver à Lyon, d'écrire à Adèle la simple vérité, de s'excuser sur la légitimité de ses premiers motifs, et définitivement de la laisser bouder si elle ne recevait pas convenablement ses excuses.

A la seule pensée de rompre avec Adèle, d'Abligny sentit combien elle lui était déjà chère; mais l'ouverture de son ami ne fut pas perdue pour l'amour. Il se livra à une foule d'idées romanesques qui font le charme et le tourment de tant de jeunes têtes. Celle qui l'occupa le plus d'abord fut d'obtenir de sa mère la permission de voyager et d'en profiter pour se rendre à Amiens au lieu d'aller à Lyon. Le petit comité décida ensuite que le capitaine ouvrirait les lettres que madame d'Abligny adresserait à son fils, qu'il répondrait à celles qui seraient de quelque importance au nom de son ami, qu'il supposerait être où il voudrait; qu'il les lui enverrait toutes à Amiens, et que d'Abligny ferait passer ses réponses par Lyon sous double enveloppe.

Sa mère, inquiète sur son état, l'avait souvent interrogé; et comme dans certains cas on ne dit jamais la vérité à sa mère, elle n'avait rien obtenu de son fils : Montfort, dont on redoutait le rigorisme, n'avait pas été plus heureux. L'un et l'autre reçurent avec plaisir la proposition du jeune capitaine, et on disposa tout pour que d'Abligny pût figurer avec avantage à côté de la jeunesse la plus brillante de Lyon.

Les deux amis montèrent dans leur chaise et prirent ensemble la route de Paris. La conversation fut animée, parce qu'Adèle en était constamment l'objet. Cependant d'Abligny ne prévoyait pas où le conduirait cette aventure. Il ne pouvait penser à épouser sa cousine : sa mère n'y consentirait jamais; il était incapable de penser à en faire sa maîtresse, il l'était également de s'arrêter à un plan suivi, mais il fallait qu'il vît Adèle, qu'il lui parlât, qu'il fît tout pour son bonheur : son repos en dépendait.

Nos jeunes gens se séparèrent à Paris, en se jurant une amitié éternelle. A peine le capitaine fut-il sur le chemin de Lyon et d'Abligny sur celui d'Amiens, qu'ils ne pensèrent plus l'un à l'autre, comme il arrive assez communément à des étourdis que tout attache et que tout distrait. D'Abligny disparut devant la longue suite de plaisirs que le jeune officier entrevoyait du fond de sa voiture; Adèle effaça le souvenir du brillant capitaine, et, sans doute, d'Abligny était le plus excusable des deux.

Il rêvait, en roulant, à la manière dont il se présenterait chez sa cousine, et à mesure qu'il approchait d'Amiens son embarras augmentait. S'il s'annonçait comme cousin, il faudrait entrer dans des détails affligeants pour Adèle, et qui prouveraient sa dissimulation; la tromper plus longtemps, lui paraissait impossible, s'il ne voulait descendre jusqu'à la fourberie; se donner pour étranger n'était pas le moyen d'avoir promptement accès : il arriva à son auberge sans avoir rien déterminé.

Il était huit heures du soir, et il envoya chercher Thérèse : il est des circonstances où on ne peut pas remettre au lendemain. Elle entra avant qu'il sût encore ce qu'il allait lui dire. Elle était venue avec empressement : elle fronça le sourcil en voyant un jeune homme, beau, bien fait, et dans un négligé galant, qu'il semblait parer lui-même; elle s'enfuit lorsqu'il eut prononcé le nom d'Adèle. D'Abligny court après elle, saute sur les degrés, l'arrête par le bras : un coup de sa béquille, appuyé assez vertement sur ses doigts, lui fait lâcher prise; il oublie toutes les belles choses qu'il a préparées, il ne peut dire qu'un mot : *Je suis son cousin.*

A ce mot Thérèse s'arrête : le cousin était en grande vénération dans son esprit. Mais la preuve de tout cela? dit-elle d'un air revêche. D'Abligny raconte ce qu'il a fait; il parle des fonds envoyés, des lettres qu'il a écrites; il répète par cœur celles d'Adèle, il les tire de son sein, il les présente, mais Thérèse ne sait pas lire; il va chercher sur son cœur le séduisant portrait... « Vous êtes son cousin, lui dit Thérèse, mais vous êtes un petit fripon : ce n'est pas à vous que le portrait était destiné ; vous l'avez volé à votre mère, ou vous nous avez menti : dans l'un ou l'autre cas, vous ne verrez pas la chère enfant. » Et Thérèse continue sa route. D'Abligny marchait à côté d'elle ; il la pressait ; il la conjurait de l'introduire : Thérèse était sourde et muette ; et quand le petit cousin approchait de trop près, le bâton noueux le remettait à une distance convenable, il enrageait, mais il n'osait brusquer la femme de confiance de la petite cousine : ils arrivent ensemble à la maison où elle logeait ; Thérèse ouvre à demi ; se glisse de profil dans l'allée, ferme la porte au nez de d'Abligny, et se hâte de pousser deux énormes verrous.

Le petit cousin n'augurait pas bien du début ; mais il est un âge où on ne se rebute pas aisément ; d'ailleurs, il fallait poursuivre ou repartir, et le choix n'était pas douteux, et puis Adèle n'avait pas prononcé encore, et fille de seize ans ne voit pas comme femme de soixante. Il était certain que Thérèse raconterait à sa jeune maîtresse ce qui venait de se passer, et il était bien naturel d'attendre ce qu'elle déciderait. D'Abligny s'assit sur un banc de pierre adossé à la maison en face de celle d'Adèle, un peu confus des manières libres de Thérèse, mais assez confiant dans sa jeunesse et dans ses petits agréments.

Thérèse n'avait pas manqué d'entrer dans les moindres détails. Elle appuyait avec complaisance sur les circonstances qui pouvaient alarmer Adèle et écarter le dangereux cousin ; elle ne tarissait pas sur les charmes de sa figure, sur sa tournure distinguée, sur le velouté de sa voix ; elle se servait d'autres termes, qu'Adèle traduisait fidèlement du langage populaire dans le langage du cœur, langue qu'on parle si bien partout sans jamais l'avoir apprise. Elle n'éprouvait certainement qu'un mouvement de curiosité, mais elle combattait toutes les observations de Thérèse. Si son cousin l'avait trompée, il était répréhensible, et il fallait bien qu'elle en convînt ; mais il lui avait rendu des services essentiels, et ses torts ne la dispensaient pas d'être polie. Comment refuser de recevoir un proche parent qui a fait soixante lieues pour la voir, et qui ne peut être méchant, puisqu'il a la voix si douce et la figure si heureuse ? Thérèse prétendait qu'entre jeunes gens de différents sexes, l'intérêt va toujours en croissant, et qu'il mène directement à l'amour. Adèle reprenait qu'elle n'en pouvait ressentir que pour l'homme qui pouvait être son mari ; mais ne devait-elle pas à son cousin quelques marques de reconnaissance et d'affection ? Thérèse répliquait qu'il était bien

difficile de s'en tenir à cela avec un beau jeune homme ; Adèle soutenait qu'une fille sage est toujours maîtresse d'elle-même ; Thérèse ne sachant plus que dire grondait entre ses dents ; Adèle qui craignait de désobliger sa bonne vieille, ne disait plus rien et se tenait dans un coin d'un petit air bouder ; Thérèse, en la voyant bouder, se mit à pleurer ; Adèle se leva et fut embrasser Thérèse. Thérèse désarmée ne gronda plus, et, après de mûres réflexions sur l'heure la plus convenable et sur les bienséances à observer, elle descendit et annonça au petit cousin qu'on le recevrait le lendemain à midi ; le petit cousin embrassa aussi Thérèse, et Thérèse pensa qu'un baiser donné de bon cœur fait plaisir à tout âge.

Adèle ne dormit point, d'après un usage aussi vieux que je monde. La figure enchanteresse, la tournure distinguée, la voix douce, revenaient en dépit d'elle à son imagination, et pourtant elle n'aimait pas son cousin, et bien certainement elle ne l'aimerait jamais. En sortant du lit, elle courut à son petit miroir, elle se trouva les yeux battus et cela lui fit de la peine ; car enfin, quoiqu'on n'ait aucune prétention, on est bien aise de se montrer avec tous ses avantages. Elle ne pensait pas à plaire, mais elle se mettait avec soin. Elle attendait midi sans impatience, mais à chaque instant elle ouvrait sa fenêtre et regardait à l'horloge voisine. Midi sonna et le cœur lui battit... Ah ! c'est qu'on éprouve toujours une sorte de trouble quand on voit quelqu'un pour la première fois.

D'Abligny s'était mis avec la plus grande simplicité : il savait que l'étalage de l'opulence ramène l'infortuné au sentiment de son malheur ; il s'était promis de ne rien dire à sa cousine qui pût lui rappeler la différence de leur situation, et cela n'était pas difficile, il n'avait qu'à lui parler d'elle ; il s'était interdit toute espèce d'expression qui pût découvrir ses vœux secrets et faire naître la défiance ; et cela n'était pas si aisé.

Il rougit de plaisir en abordant Adèle ; Adèle rougit seulement de pudeur ; ils se regardèrent en même temps et baissèrent les yeux à la fois. Adèle, sans oser lever les siens, montra de la main un siège à son cousin ; elle fut s'asseoir à l'autre extrémité de la chambre, et Thérèse se plaça entre eux, dans son grand fauteuil, ses lunettes sur le nez, son coton à ses pieds et son tricot à la main.

Adèle ne savait trop quelle contenance tenir elle fut prendre son ouvrage sur la chaise où elle l'avait laissé : celle-ci se trouva par hasard un peu plus près du petit cousin, et Adèle y resta. D'Abligny cherchait un premier mot, celui-là est toujours le plus difficile à trouver. Que je me sais gré, ma chère cousine... Je suis fort aise, mon cher cousin... Leurs yeux se relevèrent, ils rougirent encore : d'Abligny joua avec ses manchettes, Adèle se mit à broder.

Insensiblement cette extrême contrainte se dissipa, on parvint à lier quelques phrases, la conversation prit une tournure suivie, et à mesure qu'on était plus à son aise, les chaises se rapprochaient; car enfin on ne peut pas se parler d'une lieue. Le grand fauteuil de Thérèse changeait de place, et se trouvait toujours entre le cousin et la cousine; souvent il formait une éclipse totale et les chaises s'agitaient en avant, en arrière, et le fauteuil sautillait et les cols s'allongeaient, et enfin le rire prit à tout le monde : ce fut le moment où la confiance s'établit. D'Abligny se leva, se colla au métier de la cousine et perdit sans retour l'avantage de sa position.

Le portrait d'Adèle était ressemblant, mais il n'était pas animé. Adèle était donc mieux que le portrait qui avait commencé la défaite du cousin; elle fut entière en un instant, et la tête lui tourna tout à fait. Il oublia la réserve qu'il s'était promis de mettre dans ses expressions : il ne prononça point le mot *amour*; hors cela il dit tout. Adèle ne parlait pas, mais elle souriait à propos : c'était répondre.

D'Abligny voulut s'expliquer franchement, s'accuser de ses mille et une supercheries : « Oh, ne vous les reprochez pas, mon cousin, je leur dois le plaisir de vous connaître ! » La phrase était aussi claire que flatteuse; d'Abligny, ivre de joie, prit la main de sa cousine; la cousine sentit son cœur battre plus fort, et ne pensait pas à retirer sa main; Thérèse, qui observait tout par-dessus ou par-dessous ses lunettes, Thérèse toussa, Adèle eut peur, elle retira la main blanchette, mais une pression assez sensible consola le petit cousin.

On dîna ensemble. Thérèse était toujours là; mais le pied d'Adèle se porta par hasard sur celui du jeune homme, et le jeune homme resta immobile, de peur de l'avertir de sa distraction; on changea plusieurs fois de verre; on laissa échapper de ces mots si clairs pour ceux qu'ils intéressent, si indifférents pour la bonne Thérèse; le reste du jour se passa à s'approcher, à s'éloigner selon les mines et les mouvements de la vieille gouvernante.

D'Abligny revint le lendemain, le surlendemain, tous les jours; tous les jours il trouvait Adèle plus séduisante : Adèle ne disait pas qu'elle trouvait son cousin charmant; à quoi bon le lui dire ? ne le lisait-il pas dans ses yeux !

Il est bien ennuyeux d'être seul dans une auberge; il est bien agréable pour une jeune personne laborieuse d'égayer son travail par des lectures utiles; surtout quand le lecteur lit si parfaitement; insensiblement le petit cousin s'établit chez la cousine pendant des journées entières. Il avait fallu que Thérèse y consentît, mais elle avait imposé des conditions : qu'on ne se prendrait pas les mains, et qu'on ne lirait que des livres très moraux. Le petit traité s'observa assez exactement, mais le livre se fermait souvent; on commentait l'auteur, et il n'est pas de commentaire qui ne puisse prendre une tournure tout à fait sentimentale. Ce qui tient uniquement au sentiment ne peut effrayer une bonne indulgente; une jeune personne sensible s'en effraye moins encore : quoi de plus pur que cela? Mais l'amour prend toutes les formes; il se glisse, il pénètre, enflamme, consume : on le sent à la fin, on cherche à se le dissimuler; l'évidence éclaire; mais on n'a ni la force ni le courage de revenir sur ses pas : il est si doux d'aimer !

Ces jolis préliminaires ne menaient encore à rien de positif. D'Abligny craignait de s'expliquer; Adèle ne pouvait l'y inviter. Il fallait que Thérèse sortît souvent pour les besoins d'un ménage augmenté d'un tiers. Ce jour-là, le livre de morale fut mis à l'écart, et d'Abligny en tira un autre de sa poche. On est bien aise de lire aussi quelque chose de doux, d'attachant, qui peigne à peu près ce qu'on éprouve, qui tienne lieu, d'une part, d'un aveu qui pourrait être repoussé de l'autre. D'Abligny ouvrit la *Nouvelle Héloïse*; Adèle écoutait avec avidité, et deux tourterelles qu'elle brodait s'animaient à mesure que les sensations de Julie éveillaient celles de la charmante brodeuse. On était à l'effet du premier baiser... Premier baiser d'amour, Jean-Jacques-Rousseau n'a pu lui-même le décrire ! Adèle et d'Abligny ne le connaissaient pas, mais la nature était leur guide : ils sentaient combien le tableau devait être au-dessous de la réalité. On ne lisait plus, on rêvait. Le cousin, animé par le désir, n'en paraissait que plus beau; l'œil de la cousine se fermait à demi; ses lèvres de rose étaient brûlantes et entr'ouvertes; l'aiguille tombe de ses jolis doigts. D'Abligny s'élance pour la relever, un faux pas lui fait tomber aux pieds d'Adèle; Adèle effrayée pousse un cri et avance la main; d'Abligny la saisit et ne la quitte plus. Ils sont sages l'un et l'autre, mais ils sont ivres d'amour. Ils gardent cette position dangereuse : les yeux d'Adèle se ferment tout à fait; nouveau Saint-Preux, d'Abligny cueille ce premier baiser si délicieux et si terrible. Il rend d'Abligny plus entreprenant, mais il ramène Adèle à l'idée du danger. Elle se lève précipitamment, elle fuit à l'autre extrémité de la chambre : « Ne me suivez pas, monsieur, je vous le défends. — Adèle, je vous adore ! — Et à quoi cela me conduira-t-il? — Ah ! si vous m'aimiez un peu. — Ah ! si je vous aimais moins ! — Ce mot décide de mon sort. — Il rend le mien plus affligeant. — Non, vous serez ma femme. — Je n'ose l'espérer. — Je le jure par le ciel, par l'honneur, par vous. — Et votre mère? — Elle m'aime. — Elle me hait. — Un jour elle vous chérira. Réponds, mon Adèle, veux-tu être à moi? — Et à qui donc, grand Dieu! oui... oui, à toi ou à personne. »

Dès ce moment, plus de raison, plus de prudence. De tout ce qui gouverne les hommes, il ne reste que la vertu, mais cette vertu qui défend l'innocence sans la rendre sévère, qui prévient une chute et qui laisse entrevoir un bonheur légitime, qui permet de s'y arrêter, d'en désirer, d'en hâter le moment par toutes les mesures que suggèrent les circonstances. Projets raisonnables, fous, téméraires, persuasion, violences, supplications, supercheries, d'Albigny imagine, veut tout exécuter à la fois : Adèle discute, autant qu'on peut discuter au milieu de ces caresses, qui pour être pures n'en troublent pas moins l'imagination; Thérèse rentre, regarde et gronde; certain désordre lui donne des soupçons qui paraissent fondés; son injustice blesse Adèle, mais sa présence est utile : il faut nécessairement parler raison devant elle, et ne parler que cela.

Les projets extravagants de d'Abligny sont renversés par Thérèse elle-même, qui n'a qu'un gros bon sens, mais aussi qui n'a pas d'amour. Si ce qu'on a proposé jusqu'alors paraît impraticable à la bonne vieille, elle est touchée des intentions louables de d'Abligny; elle sourit au dessein prononcé du jeune homme de relever la famille de son oncle et de faire le bonheur de sa cousine; elle attend tout du temps; elle encourage les jeunes gens, elle leur prêche la patience, et elle ne demande au ciel que de vivre assez pour tenir le premier-né dans ses bras.

Il lui paraissait essentiel que madame d'Abligny vît Adèle sans la connaître. « On ne voit pas c'te chère enfant-là sans l'aimer, et quand on l'entend, on l'admire. Et quand elle chante, et quand elle fait résonner son instrument, et quand elle sourit, et quand elle caresse!... Allons, allons, il n'y a qu'un cœur de bronze qui puisse résister à tout cela, et celui de madame d'Abligny doit être fait comme un autre. » Le jeune homme portait ses espérances bien plus loin encore que Thérèse; il ne doutait pas que son mariage ne fût arrêté au moment où sa mère verrait Adèle. Adèle n'était pas si confiante; c'est qu'elle était moins vive, et qu'on croit difficilement ce qu'on désire avec ardeur : elle seule maintenant prévoyait jusqu'à la moindre difficulté. « Comment se présenter seule à Rouen dans un âge aussi tendre? — J'habillerai notre bonne Thérèse, elle passera pour votre mère. —

Son langage la décèlera. — Qu'importe si ma mère vous a connue! — Elle ne pardonnera pas ce mensonge. — Vous m'avez pardonné tous les miens. — Quelle différence! — Je n'en vois aucune. — Ce qui est pour vous une simple étourderie, serait pour moi une infraction aux bienséances, et justifierait l'aversion de ma tante. Quoi! je me déguiserais pour l'approcher, je surprendrais sa bienveillance sous un faux nom; je dévoilerais par une démarche aussi inconsidérée que j'aime mon cousin : sa main pourrait être le prix d'une ruse que désavoue la décence? Non, mon ami, n'y comptez pas. Vous m'êtes infiniment cher; mais quel que soit le sort qui m'attend, jamais vous n'aurez à rougir de votre cousine ou de votre épouse. »

Thérèse écoutait attentivement Adèle, et elle marquait par des signes de tête qu'elle revenait à son avis. Le petit cousin s'impatientait, pérorait disait de très belles choses et ne donnait pas une raison : le hasard concilia tout. Le capitaine ne négligeait pas de faire parvenir à Amiens les lettres de madame d'Abligny; on en remit une à son fils au moment où, battu de toutes les manières par Adèle et par Thérèse elle-même, il allait se désoler.

Madame d'Abligny avait passé de l'amour contemplatif du Créateur au goût le plus décidé pour les plaisirs terrestres. Elle se livrait sans réserve à tous ceux qui peuvent flatter un goût fin et exercé; mais les jouissances de ce genre sont très bornées à Rouen, et, après avoir épuisé ce que lui offrait cette ville, elle désira un champ plus vaste, où la variété fût unie à la quantité. Elle n'avait vu Paris que dans sa première jeunesse, et ne le connaissait pas du tout, parce qu'on ne l'avait conduite qu'à Notre-Dame, à la Sorbonne, aux Écoles de droit et au Palais de Justice : le reste paraissait à M. son père indigne d'un œil observateur. Si madame d'Abligny estimait les sciences, elle idolâtrait tout ce qui tient aux arts : elle se proposait bien de passer aux bibliothèques, à l'Observatoire, au Jardin des Plantes; mais elle voulait fréquenter les théâtres, les concerts, les bals, les promenades publiques, les grands danseurs de corde et le combat du taureau! Elle voulait connaître Versailles, Saint-Cloud, Meudon, Marly, et jusqu'aux matelotes du Gros-Caillou. Ses fantaisies étaient opiniâtres, et depuis longtemps elle pressait Montfort, sans qui elle ne faisait plus rien, de l'aider à satisfaire celle-ci. Une femme d'un certain rang ne court pas sans compagnon, et de tous les hommes qu'elle connût, Montfort était le seul qui pût ajouter aux agréments d'un tel voyage.

Cependant M. le Directeur des fermes tenait autant à son devoir qu'à ses plaisirs. Il répondait aux

Hé, qu'importe comment se fait le bien, pourvu que le bien se fasse ! (Page 28.)

sollicitations de son amie qu'on ne lui donnait pas de gros appointements à Rouen, pour s'aller promener à Paris, et quand la dame devenait trop pressante, il tournait les talons, prenait son chapeau et sa canne, et retournait brusquer ses commis.

Le bail de Julien Alaterre finissait. La compagnie demandait à le renouveler à des conditions plus avantageuses. Il fallait pour cela fournir au contrôleur général des éclaircissements sur une foule d'objets; Montfort avait des connaissances et le travail facile : il fut mandé à Paris pour coopérer à celui-ci, et on lui promettait de le faire sous-fermier, si son intelligence et son activité contribuaient au succès des vues de sa compagnie.

L'occasion était précieuse pour madame d'Abligny, et elle la saisit avec vivacité. En vingt-quatre heures elle a pris congé de ses amis, elle a fait faire ses malles, elle a écrit à son fils, qu'elle veut présenter aux gens en place, de la venir joindre rue de Richelieu, hôtel des Colonies; elle est enfin montée dans sa berline avec son gros financier, et quatre vigoureux chevaux de poste secondent son impatience.

La lettre de la maman avait passée par Lyon, et était arrivée un peu tard à Amiens; mais elle ra-

nima les espérances du petit cousin, et il attaqua les scrupules d'Adèle avec de nouvelles armes. Tout le monde peut loger dans un hôtel garni et surtout à Paris; la cousine logera donc sur le carré même de sa tante. Il est naturel de se parler entre voisins; d'Abligny avertira donc Adèle des moments où sa mère sortira, de ceux où elle doit rentrer, et elle se trouvera, comme par hasard, sur son passage. La première, la seconde fois, une simple révérence; la troisième, quelques mots polis; un autre jour, la conversation s'engagera; celle de la jeune personne est piquante et on cherche à se lier avec elle; on l'attire chez soi, et elle plait toujours davantage; l'intérêt qu'elle inspire fait naître la curiosité; on l'interroge sur sa naissance, sur ses affaires, et Adèle se découvre, rassurée par la bienveillance qu'on lui marque; le fils alors embrasse sa maman; il tombe à ses pieds, il la conjure, avec toute la chaleur du sentiment, de faire le bonheur de sa vie; et sa mère, vaincue par le mérite éminent de sa nièce, l'unit à son amant.

Tel était le roman du petit cousin : il pouvait se réaliser dans tous ses détails. Si par malheur les choses ne tournaient pas comme il l'espérait, Adèle reviendrait à Amiens sans avoir été connue, sans être compromise. Si le secret de son voyage transpirait, que pourraient dire les gens les plus

3

sévères sur les bienséances? Elle serait allée à Paris avec un jeune homme? Mais ce jeune homme est son cousin, son cousin germain, et puis Thérèse ne serait-elle pas en tiers dans la voiture, dans les auberges? Adèle aura logé dans un hôtel garni, mais sa chambre touchait à l'appartement de sa tante; elle n'a vu qu'elle et son cousin; elle n'est pas sortie de l'hôtel: elle n'a eu d'autre but que de se rétablir dans les bonnes grâces d'une parente respectable : bien certainement il n'y a rien de répréhensible dans tout cela.

A la rigueur, Adèle aurait pu objecter quelque chose, mais cet ensemble était satisfaisant; le résultat qu'il promettait flattait trop la petite cousine pour qu'elle combattît plus longtemps : quelle est la femme d'ailleurs qui ne se lasse pas de combattre? Adèle consulta Thérèse pour la forme; Thérèse trouva le plan superbe; Adèle se rendit et le cousin, enchanté, fit disposer tout pour le départ.

La jeune personne soupira en voiture : cette démarche hasardée était la première qu'elle se fût permise encore, mais la présence, les grâces de d'Abligny, ces épanchements doux, ces illusions si puissantes sur un cœur sensible, la rendirent bientôt à l'amour.

Prodigue elle-même de ces expressions touchantes que les amants croient inépuisables, elle portait l'ivresse dans les sens de son cousin ; la route entière fut un enchantement. Thérèse elle-même oubliait son âge en écoutant Adèle et d'Abligny; elle se rappelait ces temps déjà si loin d'elle, où son pauvre Jacques ne lui disait pas de si jolies choses, mais où il prouvait énergiquement son amour, ce qui valait bien autant pour Thérèse. Plus d'une fois, dans les auberges, ranimée par le vin d'Aï, elle passa sa main desséchée sous le menton du beau jeune homme, elle sauta appuyée sur la crosse de son bâton noueux, en chantant la chansonnette, et les jeunes gens souriaient à sa gaieté franche et naïve.

Le tableau changea quand la voiture entra dans Paris; les rêves de bonheur s'épanouirent, l'inquiétude les remplaça. Adèle ne voyait plus que madame d'abligny implacable et terrible, ses alarmes augmentaient à mesure qu'elle s'approchait d'elle : la pauvre petite ne trouvait plus un mot. L'audacieux, l'entreprenant d'Abligny sentait sa confiance s'évanouir, et il jugea à propos qu'on ne vît pas, à l'hôtel des Colonies, sa cousine descendre avec lui de la même voiture. On fit arrêter les postillons. Adèle et Thérèse montèrent dans un fiacre, leur petite malle debout entre elles deux. La cousine promit au cousin, en essuyant furtivement une larme, de se donner pour une jeune personne qui venait avec sa gouvernante, au-devant de son père, arri-

vant de Saint-Domingue, devant débarquer au premier jour à Marseille et de là se rendre à Paris. On pouvait trouver extraordinaire qu'une jeune demoiselle voyageât avec une femme dont l'extérieur n'était pas fort imposant; mais on n'avait pas eu le temps de penser, en route, à ce qu'on dirait en arrivant, et cette histoire fut ce qu'on trouva de mieux pour le moment.

Heureusement pour nos pauvres jeunes gens, madame d'Abligny et Montfort étaient à l'Opéra. Avant leur retour, Adèle eut le temps de se remettre, et d'Abligny celui d'aider, sans qu'il y parût, à ses petits arrangements. Deux chambres se trouvèrent précisément à la porte de l'appartement de madame d'Abligny, et le cousin, tout en ayant l'air d'attendre sa mère, soufflait ce qu'il fallait dire à la cousine que tout embarrassait. Elle fut installée aussitôt; et par reconnaissance des bons offices que l'inconnu avait bien voulu lui rendre, elle l'invita à se reposer chez elle jusqu'à la sortie de l'Opéra. Voilà donc la connaissance faite, comme par hasard, et désormais d'Abligny pourra se montrer chez la jeune créole sans que les gens de la maison les soupçonnent d'avoir été d'intelligence; autant de gagné.

Un bonheur ne va pas sans l'autre. L'appartement de madame d'Abligny, très élégant, très frais, n'avait pourtant que deux chambres à coucher, et le jeune homme était trop poli pour consentir à déplacer M. Montfort; il devait passer les journées auprès de sa mère, et le moindre coin lui suffisait pour la nuit. Quoique Montfort pût dire et faire, d'Abligny chercha ce réduit et s'établit aussi près que possible du logement de son Adèle. En se retirant, il eut le plaisir de lui souhaiter le bonsoir; le lendemain, il lui souhaita le bonjour, avant que sa mère fût visible; et en allant et venant, il avait toujours quelque chose à souhaiter.

Jusque-là tout allait bien. Il s'agissait maintenant d'exécuter le plan concerté, et les choses n'allèrent pas exactement comme on les avait arrangées à Amiens. Adèle passa plusieurs fois à côté de sa tante d'un air gauche et timide, les yeux baissés, la rougeur au front, et sa tante ne l'avait seulement pas regardée. Ces démarches lui peinaient cruellement; mais d'Abligny la conjurait de ne pas se rebuter : et pouvait-elle rien refuser à d'Abligny? Ce qui la tourmentait autant que l'inattention de sa tante, c'étaient les attentions très marquées de Montfort, qui, après l'avoir plusieurs fois lorgnée, finit par aller tout bonnement chez elle s'informer de sa santé. Montfort était honnête, d'Abligny le savait, et il était le premier à rassurer sa cousine sur les vues qu'elle pouvait prêter au financier; mais il n'en était pas moins une es-

pèce de fléau pour eux. Parce qu'il travaillait le matin avec ses fermiers généraux, il fallait que d'Abligny accompagnât sa mère ou lui tînt compagnie chez elle; l'après-dîner, il n'osait entrer chez sa cousine, de peur d'y rencontrer Montfort. Adèle était toujours ou avec Thérèse, qui ne lui suffisait plus, ou avec le fâcheux, qui écartait l'amour; et comment éconduire un homme que l'âge rend sans conséquence, que sa gaieté, ses soins honnêtes, sa bonté rendraient intéressant dans toute autre circonstance? C'était risquer de s'en faire un ennemi; et on savait ce qu'il pouvait sur madame d'Abligny. Le jeune homme se dépitait, la petite cousine était triste et rêveuse : il fallait prendre un parti. Le petit cousin commença à jouer le rôle qu'il destinait à sa mère. En lui donnant la main, il saluait Adèle avec respect, il saluait très bas, sa mère le tirait après elle, passait comme un trait, ne prenait garde à rien : c'était désespérant. Le cousin se décida à ce coup d'éclat.

Il fit semblant de faire un faux pas; il mit le pied sur la queue de la robe d'Adèle. En paraissant vouloir se retenir, il poussa fortement la jeune personne, et la robe se déchira du haut en bas. On ne déchire pas la robe d'une femme sans lui faire au moins des excuses; d'Abligny en fit d'assez froides, Adèle y répondit sur le même ton. La maman, qui courait à un concert où elle devait entendre le chanteur par excellence, ne put cependant se dispenser de s'arrêter et de dire quelque chose de poli à la jeune personne; c'est alors qu'elle fixa sa nièce pour la première fois, et elle parut frappée de sa figure. « Voilà une jolie personne, dit-elle à son fils en montant en carrosse. — Mais, pas trop, madame. — Vous êtes difficile, mon ami. — D'ailleurs je ne lui crois pas d'esprit; à peine vous a-t-elle répondu. — Votre maladresse l'avait étourdie, et lui a probablement donné de l'humeur. »

En rentrant, madame d'Abligny pensa que la jeune personne n'était peut-être pas riche, et qu'elle lui devait d'autres réparations que de vains compliments. Elle voulait lui faire accepter une robe sans blesser son amour-propre. Elle ne connaissait ni sa naissance, ni sa fortune ; elle passa chez elle pour régler ses procédés sur les apparences, et fut assez étonnée d'y trouver Montfort. « Corbleu! madame, savez-vous que nous avons une voisine charmante? — C'est une remarque que j'ai faite. — Très-bien élevée. — On n'en doute point en voyant mademoiselle. — Sage surtout. — La sagesse est le fard de la beauté. — Depuis qu'elle est à Paris, elle n'a pas mis le pied hors de l'hôtel, et elle n'a reçu que moi. — Cela prouve encore en faveur de mademoiselle. — C'est la fille d'un colon,

qui a passé son enfance au couvent, et qui vient au-devant de son père, qu'on attend de jour en jour. — Monsieur votre père, Mademoiselle, sera fier de sa fille. — N'est-ce pas? Parbleu, il me vient une idée. Le matin je suis à mes affaires, vous retenez d'Abligny, et à dix-neuf ans on aime à courir; mademoiselle est d'une société agréable, la vôtre la flatterait sans doute, et sous vos auspices elle verrait Paris sans que la critique pût mordre. Allons, mesdames, vous êtes faites pour vous connaître et vous aimer. » Que pouvait répondre madame d'Abligny à une proposition aussi inattendue, et qui s'accordait avec son inclination ? Présenter la main à Adèle, la conduire à son appartement; et ce fut ce qu'elle fit.

Adèle avait rougi, pâli en voyant entrer sa tante chez elle; elle s'était remise par degrés, et elle soutint la conversation avec infiniment de grâces. Lorsqu'il lui échappait une saillie, un trait d'esprit, madame d'Abligny applaudissait. Montfort se frottait les mains en sautant dans son fauteuil, le cousin reprenait confiance, son cœur se dilatait; l'espérance renaissait dans celui de la cousine.

Adèle joignait une rare modestie à toutes les qualités aimables. Elle voyait madame d'Abligny depuis plusieurs jours, et n'avait pas laissé soupçonner qu'elle eût aucun de ces talents qui font le charme de la société. Son cousin, qui ne devait pas la connaître, se gardait bien d'en parler. Sans autres avantages que les grâces de sa personne et celles de son esprit, Adèle ne plaisait pas moins à sa tante, qui s'attachait à elle sans s'en apercevoir, et qui finit par exiger qu'elle ne la quittât plus.

Cette liaison intime, qui semblait conduire ces amants au but qu'ils se proposaient, avait pourtant des désagréments réels. Le père qu'on s'était donné n'arrivait pas, madame d'Abligny en faisait quelquefois l'observation; alors il fallait qu'Adèle éludât des questions trop directes, qu'elle trouvât des défaites, et elle mentait si mal! Son cousin venait à son aide, mais d'une manière si gauche, ses phrases étaient si étrangement tournées, que sa mère eût infailliblement conçu des soupçons, si la toilette, la musique, le bal, les projets du jour et ceux du lendemain ne l'eussent occupée à la fois. Ce qui affligeait encore nos jeunes gens, c'est cette contrainte insupportable qui avait succédé à cette liberté décente qui faisait le charme de leurs entretiens. Une inflexion de voix, un coup d'œil, un geste pouvaient éclairer madame d'Abligny; on ne se croyait pas encore assez sûr d'elle pour oser se laisser pénétrer, et quand on n'était pas contenu par sa présence, on rencontrait le très assidu Montfort, qui avait peut-être plus d'intérêt qu'un autre à bien voir. Souvent on ne trouvait pas dans toute la journée l'occasion de se dire deux mots; on était réduit à se presser la main à la dérobée; et quelquefois à table, un pied légèrement appuyé sur l'autre, deux genoux qui se cherchaient et qui se trouvaient, disaient et répondaient tout : on s'entend si bien quand on s'aime! Mais le soir, quand d'Abligny rentrait dans sa chambre, que la bienséance clouait l'importun Montfort dans la sienne, la porte d'Adèle était entre-bâillée : c'était le moment de l'amour; c'est alors qu'il oubliait ses privations.

Un grand événement, un événement de la plus haute importance sembla devoir changer l'état des choses et précipiter le dénouement. Un concert brillant se préparait; madame d'Abligny devait y chanter, et c'était pour elle la première de toutes les affaires. Elle chantait mal; mais elle avait la manie du chant, et Montfort lui avait apporté l'ariette du jour; c'était un morceau italien, qu'elle ne pouvait prononcer ni déchiffrer. Adèle avait l'oreille blessée. Par un mouvement involontaire, elle s'était approchée du fauteuil de sa tante, et lisait par-dessus son épaule. — Quoi! ma petite, vous seriez musicienne? — Un peu, madame. — Et vous sauriez l'italien? — Assez passablement. — Et vous chanteriez cela? — Mais je le crois. — Oh! ce serait délicieux! voyons, mademoiselle, voyons! »

Adèle prend l'ariette et se met au piano. Montfort est tout oreilles, d'Abligny jouit d'avance, sa mère se place pour tourner. La ritournelle part, la voix argentine se fait entendre; précision, goût, âme, exécution brillante, tout est réuni et l'enchantement est général. Montfort félicite Adèle avec cette chaleur qui lui est naturelle; le petit cousin renferme sa joie; mais lorsqu'il voit sa mère combler Adèle de caresses, la serrer dans ses bras, lui prodiguer les noms les plus tendres, il croit devoir saisir ce moment heureux; et cependant, contre l'ordinaire des jeunes gens, il n'avance qu'avec discrétion. « Mademoiselle, dit-il, vous me rappelle une cousine qui doit être de son âge et qui a, dit-on, de la figure et des talents. » Il n'était pas prêt à finir sur le sujet qu'il traitait; mais la physionomie de sa mère avait changé dès le premier mot, était devenue glaciale et commandait le silence. « Ma foi, ma bonne amie, reprend Montfort, je trouve que votre fils avait fort bien commencé, et vous aurez beau faire la mine, cela ne m'empêchera pas, moi, de poursuivre. Savez-vous que depuis près d'un an c'est d'Abligny et moi qui soutenons votre nièce, que votre entêtement vous fait le plus grand tort dans le monde, et qu'il est temps que cela finisse? — Mais, monsieur, quelle opiniâtreté vous fait sans cesse revenir là-dessus? Je la hais, cette Adèle, et vous me la ferez

haïr davantage : je n'en veux plus entendre parler, ou très décidément je me brouille avec vous. — Qu'est-ce à dire, s'il vous plaît? vous vous brouillerez avec moi parce que je vous mets vos devoirs sous les yeux, que je veux vous forcer à les remplir et vous rendre l'estime des honnêtes gens? Sachez, madame, que j'aime mieux rompre avec vous que de passer pour le complaisant de vos bizarreries... Tenez, tenez, voulez-vous savoir ce que pensent de vous même les personnes indifférentes à tout ceci? Voyez dans quel état votre dureté met mademoiselle; elle compatit au sort de votre nièce ; elle a le cœur excellent... Mais coupez-lui donc son lacet; que diable! je ne peux pas me charger de cela, moi... Oh! quelle femme ! elle n'agira point! Mademoiselle a-t-elle aussi encouru votre disgrâce parce qu'elle est touchée du malheur d'Adèle? Souvenez-vous au moins qu'elle n'a pas dit un mot... Rose, Amélie, arrivez donc Portez mademoiselle chez elle et donnez-lui tous vos soins. Eh bien, abandonnerez-vous cette chère enfant à vos femmes de chambre? Hé, allez donc, madame, au nom de Dieu, allez donner vos ordres. »

Madame d'Abligny suivait Adèle ; Montfort grondait et jurait même un peu entre ses dents ; d'Abligny était consterné; plus d'espoir qu'à sa majorité et six ans encore à attendre! Quel amant n'est effrayé de voir cet intervalle immense entre lui et le bonheur?

Pour achever de le désespérer, Adèle, en reprenant ses sens, fit des réflexions très sensées sur sa position présente. « Non, dit-elle à son cousin, je ne me sens pas faite pour dissimuler, pour recevoir des marques d'amitié qui ne s'adressent pas à moi, pour supporter la haine et le mépris. Mon ami, j'ai fait assez pour l'amour ; je dois quelque chose aussi à ma tranquillité, à la mémoire de mon père qu'on outrage ; je partirai, j'y suis déterminée. — De grâce écoute-moi. — Non, je céderai si je t'écoute. Il le faut, cher d'Abligny, il le faut, je renonce à toi. — Quel mot as-tu prononcé! — Mon amour, ma jeunesse m'ont trompée ; je n'ai vu que le bonheur d'être près de toi : je sens en ce moment tout ce qu'a de cruel le rôle pénible auquel je suis assujettie. Toi-même, mon ami, peux-tu le supporter? — Eh bien, tu partiras, j'y consens, tu quitteras des lieux où tu es méconnue; oui, tu partiras, mais avec ton amant, ton cousin, ton frère. — Que me proposes-tu? — Nous sommes inséparables. — Je ravirais un fils à sa mère, je mériterais sa haine! un songe flatteur nous a séduits; le réveil est affreux, mais il faut se soumettre. — Et c'est ainsi que tu aimes? tu n'as jamais aimé! Ah! ce n'est pas là ce sentiment vainqueur qui me pénètre, qui me brûle. Je ne vis que par toi, je ne vis que pour toi; je ne vois, je ne pense, je ne rêve qu'Adèle. Ton cœur, ton cœur ingrat n'a plus un battement qui réponde au mien. Ton vêtement que je touche, ton œil que je fixe, ton haleine que je respire, tout m'entraîne, me subjugue. Je ne peux vivre sans toi, et malheur à toi si tu me réduis au désespoir! »

D'Abligny allait en effet abandonner sa mère pour voler sur les traces de sa cousine, rien ne pouvait le détourner de ce dessein. Les prières d'Adèle n'étaient pas écoutées; ses larmes étaient sans pouvoir. « Te voir, disait-il, te voir sans cesse, à tous les instants du jour, ou mourir! » La tendre fille fut obligée de sacrifier ses dégoûts, sa délicatesse à l'emportement de son cousin, à ses intérêts, à sa réputation à elle, que perdrait sans retour une fuite qu'on ignorerait et qu'on ne croirait pas qu'elle eût combattue. Elle sentit qu'il fallait céder; elle consent à rester encore, mais la tristesse l'accablait; en vain d'Abligny appelait le sourire sur ses lèvres; il s'éloigne avec la gaieté.

Quand le jeune homme eut imaginé l'histoire d'un père arrivant de Saint-Domingue, il avait consulté les papiers publics, et il avait trouvé un vaisseau, le *Centaure*, parti depuis six mois de Marseille pour aller faire un chargement à Port-au-Prince, et devant revenir incessamment. C'est sur le *Centaure* qu'il avait mis M. Duval, le père prétendu, dont Adèle montrait plusieurs lettres fabriquées et timbrées par son cousin : l'amour rend faussaire aussi. Fort heureusement pour lui, le *Centaure* n'arrivait pas, car il aurait fallu quitter la partie, et il ne serait resté de moyen à Adèle, pour sortir d'embarras, qu'une nouvelle lettre de ce père, que des affaires empêcheraient de se rendre à Paris et qui manderait à sa fille de le venir trouver à Bordeaux, à Bayonne, n'importe où, et le cousin n'aurait pu s'opposer au départ de la cousine. Un autre incident produisit le même effet. Montfort avait terminé ses opérations, le succès les avait couronnées : il était nommé sous-fermier, et il fallait qu'il allât sans délai à Rouen mettre ses comptes en état. Madame d'Abligny, fatiguée du bruit des plaisirs de Paris, dont on se fatigue comme d'autre chose, annonça qu'elle partirait avec le sous-fermier.

A moins que d'être tout à fait extravagant, d'Abligny ne pouvait pas exiger qu'Adèle suivît sa mère à Rouen : quelle couleur donner à cette démarche? D'un autre côté, la jeune personne le menaçait, s'il la suivait à Amiens, d'écrire à l'instant à sa tante, et la menace était sérieuse. Il fallait donc se séparer ou trouver les ressources dans son imagination : celle d'un amoureux est inépuisable.

De son autorité privée, d'Abligny fit périr le *Centaure*, et noya M. Duval, qu'il envoya au fond de la mer avec toute sa fortune. Il écrivit une lettre signée d'un négociant connu de Marseille, et il la porta au rédacteur de la *Gazette de France*, qui l'inséra, n'ayant rien de mieux à donner au public. Le lendemain d'un air très affecté, il donna la feuille à lire à sa mère et à Montfort. Il appuya sur la ruine absolue de mademoiselle Duval, sur sa douleur, sur l'embarras affreux où cet événement allait la jeter. « Une jeune personne de cet âge, sans parents, sans ressources, abandonnée à une gouvernante infirme et sans moyens ! disait le petit fourbe. — Et tout ce qu'il faut pour plaire ! continuait Montfort. — Et par conséquent pour être séduite, poursuivait madame d'Abligny. — Quel malheur ce serait ! ajoutait le sous-fermier. Parbleu, madame, gardez-la avec vous. — Je le veux bien, mon ami. — Elle est trop intéressante pour que vous ne trouviez pas à l'établir à Rouen, et s'il faut une dot, eh bien, nous la ferons à nous deux : tu ne t'y opposeras point, n'est-ce pas d'Abligny ? — Ma mère est maîtresse de sa fortune, et je la verrai toujours avec plaisir en faire un si noble usage. »

Tout réussissait au petit cousin, il était sûr de ne pas s'éloigner de sa cousine. Mais sa mère porta l'attention plus loin qu'il ne le désirait. Elle passa chez sa nièce pour lui apprendre la mort du père supposé avec les ménagements d'usage, elle se flattait de calmer sa douleur en lui annonçant ce qu'elle comptait faire pour elle. D'Abligny n'avait pas compté sur tant de prévenances; il ne s'était pas empressé de se concerter avec sa cousine, et il avait lieu de craindre un *quiproquo* désagréable! Il crut devoir accompagner sa mère, et suppléer par ses signes à ce qu'il n'avait pas le temps de dire : il voulait aussi contenir par sa présence sa trop délicate Adèle, qui pouvait refuser les offres de sa mère et saisir une occasion toute naturelle de s'éloigner de Paris.

D'Abligny de la meilleure foi du monde, pénétrée de la perte qu'avait faite mademoiselle Duval, les larmes dans les yeux et le mouchoir blanc à la main, madame d'Abligny se présenta en silence chez la jeune personne, l'embrassa en suffoquant, s'assit près d'elle, lui prit les deux mains et chercha des termes également propres à l'éclairer et à adoucir le coup qu'elle allait lui porter. Adèle ne comprenait rien du tout à ce que lui disait sa tante, elle attendait qu'elle s'expliquât, elle la regardait attentivement et ne voyait pas les signes d'intelligence que lui prodiguait le très prévoyant cousin. Madame d'Abligny lui rappela enfin que notre sort à tous est dans les mains de la Providence, et que l'épreuve qu'allait subir sa

vertu pouvait devenir pour elle un moyen de sanc-
tification (vieux style qu'elle n'avait pas tout à fait
oublié, et qu'elle mettait encore en usage dans les
grandes occasions). Elle déclara nettement à mademoiselle Duval, à la suite de ces phrases prépara-
toires, que M. son père était noyé, que sa fortune
était perdue; mais elle ajouta avec mille caresses
que jamais elle ne connaîtrait le besoin, qu'elle se
chargeait de son sort, et qu'elle ferait tout pour le
rendre agréable.

Étonnement, stupéfaction de la part d'Adèle, que
les caresses mêmes de sa tante l'empêchèrent de
remarquer : larmes abondantes arrachées par un
regard douloureux du petit cousin, qui arrêta un
refus positif qui allait repousser les propositions
de sa mère. Il était dans les principes d'Adèle de
ne pas les accepter; il était dans son cœur de ne pas
affliger son amant, et l'amour devait l'emporter
sur toute autre considération. Elle se rendit donc
aux instances de sa tante, en pleurant sa faiblesse
et les désagréments qui devaient suivre sa condes-
cendance; et ces pleurs furent attribués à l'excellence de son naturel, à sa piété filiale, à sa reconnaissance envers sa bienfaitrice, à tout enfin hors
à leur véritable cause.

Dès le même jour d'Abligny envoya Thérèse chez
une couturière, il fallait que les choses fussent
faites dans les règles. Adèle, engagée, ne put pas
reculer, elle fut obligée de commander de longs
habits de deuil, et elle se couvrit de crêpes de la
tête aux pieds pour un père qu'elle n'avait jamais
eu. Il était très inconvenant sans doute que d'Abligny se jouât ainsi de sa mère et lui distribuât le
rôle principal dans sa comédie; mais il avait dix-
neuf ans, beaucoup d'amour, et cela efface bien
des torts : qui de nous n'en voudrait pas avoir de
semblables encore!

Malgré sa répugnance, voilà donc Adèle enchaî-
née à sa tante; la voilà produite dans les cercles
de Rouen, plus jolie encore sous ses habits de deuil
tournant toutes les têtes, intéressant tous les cœurs
par la mort malheureuse de son père, que madame
d'Abligny avait grand soin de raconter partout et
dans le plus grand détail. Elle souffrait plus que
jamais des mensonges continuels où il fallait descendre; mais était-elle un moment seule avec son
cousin, la remerciait-il de sa bonté, de son amour,
de ses complaisances avec ce ton pénétré et reconnaissant qu'on n'imite jamais; lui prodiguait-il
ces tendres caresses si puissantes sur un jeune
cœur, alors elle oubliait tout, elle était heureuse
jusqu'à ce qu'il fallût se rapprocher de sa tante et
mentir de nouveau à sa société.

Il semblait qu'elle n'eût rien de plus fâcheux à
redouter; le petit cousin bornait ses vœux à vivre

auprès d'elle, et il attendait assez patiemment
quelque événement favorable : un incident bien
imprévu troubla leur tranquillité et leur fit éprouver ce qu'a de plus cruel la crainte la mieux fondée.

Voilà; depuis la mort prétendue du prétendu
M. Duval, Montfort s'était laissé aller au penchant
qui l'entraînait vers Adèle, et qu'il combattait jusqu'alors. Il ne pouvait avoir que des desseins hono-
rables sur la protégée de sa meilleure amie; il
n'avait trouvé jadis qu'une femme digne d'être la
sienne; Adèle était la seconde, et bien qu'il se
jugeât au-dessous d'elle, il présumait avec quelque raison que son dénûment absolu la rendrait
moins exigeante, que son opulence, à lui, efface-
rait la disproportion d'âge, et, toutes réflexions
faites, il se décida à réaliser pour lui-même le pro-
jet d'établissement dont il avait parlé à madame
d'Abligny et à son fils avant de quitter la capitale.

Le difficile était de se déclarer : si mademoiselle
Duval était désintéressée, elle pouvait lui rire au
nez. Il se regardait dans sa glace, et il perdait courage en se voyant si gros, si court, si vieux. « Mais,
se disait-il, des terres, des valets, des femmes de
chambre, un équipage, des bijoux, dix mille francs
par an en épingles, cela doit couvrir quelques
rides naissantes et diminuer mon embonpoint :
après tout, il faut voir. » Il monte en voiture, des-
cend chez madame d'Abligny, et demande à mademoiselle Duval un entretien particulier.

« Un mot, mademoiselle. — J'écoute, monsieur.
— Vous pardonnerez ce que mes expressions au-
ront d'incorrect : je parle mal et je pense bien.
Veuillez-donc m'entendre, mademoiselle. Je suis
garçon, j'ai cinquante ans, et soixante mille livres de
revenu. Pendant longtemps les plaisirs bruyants et
la manie des arts m'ont suffi. Depuis que je vous
connais, je m'aperçois que je suis seul; quelquefois ma solitude m'effraye, et crois que vous me
convenez tout à fait. Voulez-vous m'épouser,
mademoiselle? — Mais, monsieur... — Oui, je pré-
vois vos objections; vous n'avez pas d'amour pour
moi, c'est tout simple, on n'en inspire plus à mon
âge. Vous m'aimerez comme vous voudrez, comme
vous pourrez; vous me permettrez de vous aimer
à ma manière, et je n'en veux pas davantage. —
Je vous assure, monsieur, que je n'ai aucun goût
pour le mariage. — Raison de plus pour m'épouser.
— Mais vous tirez des conséquences... — Toutes
naturelles. Voici mon plan. Je ne vous ferai point
acheter la fortune; j'aurai mon appartement, et
vous le vôtre; j'irai déjeuner avec vous quand vous
voudrez bien le permettre, je préviendrai vos désirs, je fêterai vos amis, je vous dispenserai de
voir les miens; en échange de tout cela, vous
m'accorderez quelque reconnaissance. Si votre

cœur est libre, je dois vous convenir ; arrangeons-nous sur-le-champ, et finissons. — Je sens, comme je le dois, monsieur, ce que vos procédés ont de délicatesse... — Et vous acceptez ? — Je ne le puis. — Ah, voilà du caprice ! — Je vous ai dit monsieur, que je n'ai maintenant nulle envie de me marier. — J'entends, l'envie peut vous en venir plus tard... — C'est ce que je ne saurais dire. — Et si cette envie vous prend, ce n'est pas moi qui la ferai naître... Diable ! diable !... Ah ! je fais une réflexion. L'envie de vous marier, dites-vous peut vous venir plus tard : on ne prévoit pas une envie à venir sans en sentir déjà quelque chose. Avez-vous une inclination ? Votre réponse décidera mon sort. — Monsieur... — Point de détours, mademoiselle, vous me devez au moins de la franchise. Avez-vous une inclination, oui ou non ? — Monsieur... — Monsieur, monsieur... Avez-vous une inclination ? Que diable ! où est donc le mal d'avoir une inclination, où est la difficulté d'en convenir ? Je vous aiderai, je servirai votre amour, je me sens capable de cet effort. — Non, monsieur, non, je n'ai pas d'inclination. » Et Adèle, dans un trouble inconcevable, incapable de soutenir plus longtemps cette conversation, Adèle fuit sans rien vouloir écouter davantage, elle court au hasard dans l'hôtel, et elle entre précisément dans l'appartement de son cousin.

La scène fut longue et déchirante. Elle reprocha à d'Abligny ce qu'elle avait déjà souffert pour lui, elle lui fit envisager ce qu'elle aurait à souffrir des importunités de Montfort, l'impossibilité où elle était de rester plus longtemps chez sa tante, si elle refusait sa main ; l'impossibilité de la donner quand son cœur est à un autre ; et les soupirs, les larmes, les expressions les plus tendres terminèrent cette explication orageuse. Ils ne savaient ce qu'ils disaient, ce qu'ils faisaient, ni ce qu'ils voulaient faire. D'Abligny, qui avait plus de caractère, prit enfin un parti qui pouvait tout perdre, mais aussi qui pouvait tout arranger. C'était de déclarer à Montfort qu'Adèle était sa cousine, qu'ils s'aimaient, qu'elle n'avait rien fait qu'à sa sollicitation, qu'ils n'avaient d'espoir qu'en sa générosité, qu'ils espéraient au moins qu'il sacrifierait un amour qui ne pouvait être partagé, et qu'il garderait le secret, s'il ne pouvait prendre sur lui de chercher à les servir.

Il aborda courageusement Montfort, et lui raconta tout de la manière qu'il crut la plus propre à le persuader. Montfort fut étourdi de la confidence. Il ne s'attendait pas à trouver un rival aussi redoutable ; son dépit perça malgré ce qu'il venait de promettre à Adèle. Il moralisa, il trouva des objections. « D'abord, monsieur, dit-il à d'Abligny, on ne se marie

point à votre âge, ou on a tort. — On se marie bien au vôtre, monsieur. — On a peut-être tort aussi, mais au moins je n'aurai que celui-là ; et vous, vous avez des fautes graves à vous reprocher. — Et lesquelles, s'il vous plaît ? — Vous avez manqué à votre mère : on ne ment pas à ceux que l'on respecte. — Monsieur ! — Vous avez manqué à votre cousine plus essentiellement encore. Vous l'exposez au ressentiment d'une tante qui sera enchantée de lui trouver des torts, vous la compromettez de la manière la plus cruelle, et vous croyez l'aimer ! Non, monsieur, non, vous ne l'aimez pas. — Je ne l'aime pas, je ne l'aime pas, osez-vous dire ! — Est-ce en perdant ce qu'on aime qu'on prouve son amour ! Quoi ! parce qu'une fille jeune, belle, sensible, sans expérience répond à vos sentiments, vous la portez à des démarches hasardées, vous l'introduisez dans cette maison sous un nom supposé, vous la faites descendre jusqu'à l'artifice, vous lui imposez l'obligation de mentir sans cesse à elle-même et à ceux qui l'environnent, vous l'exposez enfin à des outrages que votre légèreté lui attirera tôt tard ! Réfléchissez, monsieur, réparez vos écarts, qu'Adèle retourne à Amiens.

Montfort cherchait à intimider le jeune homme : il voulait le séparer de sa cousine, il se flattait que l'absence produirait son effet ordinaire, et qu'alors il serait écouté plus favorablement. D'Abligny, certain que Montfort était incapable de les déceler à sa mère, lui opposa une résistance opiniâtre ; il attaqua sa raison, il intéressa sa sensibilité. « Que me demandez-vous, monsieur ! éloigner Adèle, c'est m'ôter la vie : n'insistez pas, je vous en conjure. A votre âge on surmonte l'amour, au mien c'est un poison qui brûle, qui dévore ; vous avez toute votre raison, et la mienne n'est qu'à son aurore. Je vous aime, je vous respecte ; ne me réduisez pas au dernier désespoir, ne portez pas la mort dans le cœur d'Adèle ; forcez-la à vous aimer aussi, et bornez vos vœux à jouir de notre reconnaissance. — C'est fort bien dit tout cela, c'est fort bien ; mais renoncer à Adèle me paraît dur. Cependant elle ne peut nous épouser tous les deux, et il faut bien que le plus raisonnable cède : je sens que je ne peux pas faire ici le héros de roman, ce personnage-là n'irait pas avec mon gros ventre et mon double menton. Allons, laisse-moi faire : il m'en coûtera, mais après tout tu mérites bien la préférence ; et puisque je ne peux être l'époux de l'enchanteresse, je veux au moins mériter son amitié. »

Il passe chez madame d'Abligny, et il entre en grondant et en frappant du pied. « Qu'avez-vous donc encore, mon ami ? Je ne vous reconnais plus.

— C'est votre fils qui me met dans cet état. — Ah ! bon Dieu ! qu'a-t-il donc fait ? — Mademoiselle Duval a des talents... — Beaucoup. — De l'esprit... — Comme un ange. — Une figure... — Céleste. — Elle tourne la tête à votre fils. — Vous croyez ? — Il vient de m'en faire la confidence. — Vous m'a-larmez. — Je le crois. — Si c'était une de ces fem-mes... — Oui, qui n'inspirent qu'un goût passager, on aurait moins d'inquiétudes. — J'aurais dû pré-voir cela ; cependant je ne dois pas punir made-moiselle Duval de mon imprudence. J'éloignerai mon fils, je le ferai voyager. — J'ai un moyen plus sûr de dissiper vos alarmes. — Et lequel ? — Vous ne vous moquerez pas de moi ? — Eh ! non. — Vous me le permettez ? — Sans doute. — Je me suis avisé d'aimer... — Ah ! par exemple, je ne m'en serais pas douté. — Ma foi, moi non plus : mais enfin j'aime mademoiselle Duval, et je l'épouserai pour vous tirer d'embarras. » Ici Montfort se met à un secrétaire et écrit. « Mais non, mon ami, reprend madame d'Abligny, si mon fils aime cette demoiselle, il est à craindre qu'il n'ait su plaire : elle vous refusera. — Elle m'a déjà refusé. Je n'ai pas le droit de la contraindre ; ce que j'écris la déterminera. — Qu'est-ce ? — Une do-nation de tous mes biens, après moi, bien en-tendu. — En effet, ce moyen pourrait la décider ; car enfin, soit dit sans vous fâcher, elle doit sen-tir qu'elle ne convient pas du tout à mon fils. — Sans doute. — Et sa position lui fera accepter avec reconnaissance l'établissement que vous lui pro-posez. — C'est cela précisément. Signez. — Pour-quoi donc ? — Ne lui tenez-vous pas lieu de mère ? Vous acceptez en son nom. — Voilà qui est bien. Ambroise, Ambroise ! cherchez mademoiselle Du-val ; qu'elle vienne à l'instant. Quelle précipita-tion, cela tient de l'étourderie ! — Je n'aime pas les affaires qui traînent en longueur ; je veux sa-voir à quoi m'en tenir. » Et il serre le papier dans son portefeuille.

Ambroise n'eut pas de peine à trouver Adèle ; les deux jeunes gens, empressés de savoir ce qu'al-lait faire Montfort, avaient l'oreille au trou de la serrure. D'Abligny, persuadé, par ce qu'il venait d'entendre, qu'il était lâchement trahi, voulait éclater, quoi qu'il en pût arriver, et la cousine faisait de vains efforts pour l'arrêter, lorsque Am-broise parut. « Venez, venez, monsieur, cria Mont-fort en apercevant d'Abligny, vous ne serez pas de trop ici. » Le jeune homme lui répondit par un coup d'œil foudroyant ; et Montfort, sans se déconcerter, s'adressa à Adèle. « Mademoiselle, vous m'avez refusé tantôt, et peut-être avez-vous eu raison ; mais tout mon bien que je vous assure,

après moi, et que je vous ferai attendre le plus que je pourrai ne m'ôtera-t-il point quelques an-nées ? — Je crois, monsieur, ne vous avoir laissé aucun doute sur mes sentiments. — C'est-à-dire que vous persistez. — Un peu d'or n'est pas le bonheur. — Elle est désintéressée, c'est une qua-lité de plus, madame, mais c'est diabolique. Il lui faut cependant un mari ; on ne reste pas fille avec ce mérite-là : voyons à qui la marierons-nous ? — Et où voulez-vous en venir ? reprend vivement madame d'Abligny. — Hé, parbleu, au dénoue-ment ! Mademoiselle est charmante, et vous en convenez ; votre fils l'aime, ma donation aura lieu : allons, ma bonne amie, il faut s'exécuter. — Mais, monsieur... — Mais, madame, vous ne trouverez peut-être pas mauvais qu'une épouse accomplie double la fortune de votre fils. — Vous m'impa-tientez ! ce n'est pas là ce que je veux dire. Je ne connais pas la famille de mademoiselle, il faut au moins prendre des informations. » Ici Adèle pâlit, d'Abligny tremble, Montfort lui-même est interdit. « Sa famille, sa famille, reprit-il d'un ton plus bas, je la connais, sa famille ; et avec la philosophie que vous avez, on ne tient pas infiniment aux noms. Que mademoiselle se nomme Duval, qu'elle se nomme d'Alleville, qu'importe ? — D'Alleville s'écrie madame d'Abligny. — L'individu est tou-jours le même, reprend Montfort. — D'Alleville, d'Alleville ! » répétait avec colère madame d'Abli-gny. Et la malheureuse Adèle se laissait aller sans connaissance, le pauvre petit cousin la soutenait dans ses bras, Montfort priait, criait, n'obtenait rien. « Sacrebleu ! c'en est trop, dit-il enfin, vous serez punie de cette horrible obstination, et ma-demoiselle sera votre bru malgré vous : le papier que vous avez signé avec moi l'établit mon héritière, et contient votre consentement dans la meilleure forme. Le voilà ce papier ; servez-vous-en sans scrupule contre une parente qui ne mérite de vous aucun ménagement. »

Adèle prit le papier, et regardant sa tante avec une modeste fierté elle le mit en pièces. « Non, dit-elle, je ne mériterai point la haine de madame ; j'adore mon cousin, mais la volonté de sa mère sera toujours respectable pour moi : je souffrirai plutôt toute ma vie, que de me permettre d'atten-ter à ses droits. — Tant d'honnêteté, de délicatesse me désarme, et me fait enfin ouvrir les yeux. Viens, ma fille, embrasse ta mère, et reçois la main de ton époux. Ah ça, monsieur Montfort, vous vous servez de moyens un peu extraordinaires. J'en conviens, mais ils réussissent. Hé, qu'importe comment se fait le bien, pourvu que le bien se fasse !

FIN D'ADÈLE ET D'ABLIGNY

UNE VILLE EN PROGRÈS

I

Caïus-Julius César fut un homme d'esprit. Ne pouvant faire des actions honnêtes, il fit des actions d'éclat. De plus, redoutant également la sagacité des critiques et la maladresse des flatteurs, il se garda bien de laisser à d'autres le soin d'écrire son histoire. Il l'écrivit lui-même. Ce fut ainsi qu'après avoir soldé son compte avec ses contemporains, il se mit en règle avec la postérité.

On sait pourquoi et comment il conquit les Gaules. Lorsque ce fut fait, quand le pays eut été assez anéanti pour être pacifié et assez pacifié pour paraître heureux, quand l'alouette gauloise ne chanta plus, on se mit à organiser, et l'on établit des voies de communication destinées à relier les provinces conquises à la métropole italienne.

Or il fut décidé que le tracé d'une de ces voies passerait à un mille environ au-dessous d'un petit bourg helvétien nommé Geist, ce qui veut dire esprit.

C'était réellement un délicieux petit bourg que ce bourg de Geist. Situé en espalier sur le flanc d'une montagne assez élevée, il s'épanouissait au soleil levant, garanti par sa distance des émanations du marais qui baignait le pied de la montagne, et protégé contre les vents de l'ouest par l'immense forêt de pins qui le dominait et lui envoyait ses hygiéniques senteurs.

En face, et de l'autre côté du marais, s'élevait un petit mamelon dénudé que la vue franchissait pour aller se reposer sur une immense vallée, ou plutôt une immense prairie, lac aux flots verts, parsemé d'îlots formés de bouquets d'arbres d'un vert plus sombre, oasis dans une oasis. Vous me demanderez pourquoi la colonie ne s'était pas, à l'origine, établie dans ce paradis terrestre. Je n'en sais rien au juste. Peut-être avait-elle été alléchée par le voisinage de la forêt, qui devait lui fournir du bois pour ses habitations et des bêtes fauves pour sa nourriture. Quoi qu'il en soit, vers la fin de l'ère païenne, les habitants de Geist étaient heureux. N'ayant pas de commerce, et par conséquent pas de luxe, ils se contentaient de leur bien-être, vivant modestement de leur laitage et du produit de leurs chasses. Ils n'avaient pas de belles et larges rues, mais ils avaient de l'ombre et de la fraîcheur; pas de fontaines monumentales, mais une eau vive, pure et abondante; pas d'édifices, mais aussi pas d'impôts exorbitants. Ils ne possédaient pas de police, car ils étaient honnêtes; d'avocats, pour la même raison; de médecins, parce qu'il n'y avait pas de malades; de malades, parce qu'il n'y avait pas de médecins. On se couchait en même temps que le soleil, et, la nuit, on ne détroussait pas les passants, faute de passants. Les femmes étaient fidèles, car le bourg était petit et chacun redoutait la peine du talion. Enfin, retirés du monde, trop chétifs pour porter ombrage, trop faibles pour taquiner le vainqueur et surtout pour se défendre, ils avaient tout doucement accepté la loi du peuple romain, qui n'avait pas eu besoin de les anéantir, eux, pour les pacifier. Enfin ils étaient heureux, mais ils ne s'en doutaient pas, ce qui est quelquefois un grand malheur, comme on va le voir.

II

Depuis quelque temps les imaginations s'étaient éveillées aux récits de toutes les merveilles des cités italiennes et gauloises. Les habitants de Geist n'étaient plus contents de leur repos et de leur bien-être. Aussi, aux premiers bruits de l'établissement d'une voie romaine, projets, spéculations, convoitises vinrent jeter le trouble dans les cervelles. On fut ingrat pour le passé, on osa regarder effrontément l'avenir et l'on prononça le grand mot de Progrès. On avait du reste quelque raison de rêver la grandeur future du bourg de Geist. Les fromages envoyés en présent aux sommités de la volerie romaine avaient été justement appréciés par les descendants de Lucullus, et les demandes affluaient. Geist, en peu de temps, pouvait devenir une ville industrielle considérable. Les anciens se remuèrent et se réunirent, se réunirent et se remuèrent, — ce qui est presque toujours la même chose, et il fut décidé que tout serait mis en œuvre dans le but de faire passer la route au milieu du bourg. On multiplia les présents, non certainement pour séduire les autorités, mais afin de prouver que l'intérêt général exigeait la modification du tracé. Malheureusement les autorités romaines étaient trop riches pour être corruptibles, et la population de Geist était trop pauvre pour corrompre; ensuite il y avait encore quelques vieux Romains à Rome et l'ingénieur en chef Scorpius était un homme honnête : le tracé fut maintenu.

La nouvelle route fut bientôt sillonnée de voyageurs et de corps de troupes, et au-dessous de Geist s'établirent des auberges et des cantines dont les propriétaires ne tardèrent pas à s'enrichir. A ces cantines, à ces auberges se joignirent des entrepôts de fromages, lesquels, expédiés sur divers points, acquirent une grande célébrité. L'or romain fut introduit dans le village suisse. A partir de ce moment, il y eut des riches et des pauvres, une bourgeoisie et un peuple. Mais la bourgeoisie, qui ne travaillait plus, s'ennuyait, et, pour se distraire, descendait à la station, afin de prodiguer son admiration à ces troupes romaines qui lui avaient ravi son indépendance. C'étaient surtout les femmes qui prenaient plaisir à voir ces soldats au visage basané, mais aux formes herculéennes. L'histoire, qui dédaigne les détails, ne dit pas s'il en résulta quelques inconvénients pour les ménages. Insensiblement, le peuple se hasarda à faire comme la bourgeoisie, et un an s'était à peine écoulé que le chemin reliant le bourg à la route était une véritable promenade fréquentée par tous les habitants.

Cependant on se lasse de tout. Les dames, qui eussent passé huit jours et huit nuits à danser, ne tardèrent pas à trouver qu'il était très fatigant de remonter une pente assez raide pour rejoindre leurs demeures. En descendant, on avait la perspective d'un beau défilé, cela allait tout seul; mais pour remonter on n'avait plus que de la fatigue en perspective. Les bourgeois de Geist pensèrent naturellement comme leurs femmes. Les plus puissants, qui sont toujours les mieux avisés, demandèrent au peuple romain du terrain aux environs de la station. Le peuple romain avait de la générosité lorsqu'il y voyait son intérêt : il comprit que la station pourrait devenir un point stratégique important, se rendit au vœu de la population représentée par quelques familles influentes, et le bourg de Geist descendit en peu de temps à la station romaine. Ce fut sa première étape sur la route du progrès.

Seulement, lorsque la colonie fut complètement installée, on s'aperçut qu'il n'y avait plus en face de la ville, — car c'était déjà une ville, — ni prairie ni îlots de verdure, mais, pour toute vue, la cime aride du mamelon dont j'ai parlé. En revanche, il y avait toujours des soldats et des voyageurs, et le commerce des fromages prenait une notable extension.

III

La trace de Geist se perd sous les décombres et les broussailles de la première moitié du moyen âge. Le progrès dut souvent la visiter sous la figure des Allemands, des Bourguignons, des Goths, des Franks, des Lombards et autres bandits civilisateurs; mais les peuples ne meurent jamais, comme le dit un bourgeois nommé Casimir Delavigne, et les villes ont la vie dure. A l'époque du couronnement de l'empereur Charlemagne, en l'an 800, nous retrouvons la ville de Geist plus affairée, plus grouillante, plus inquiète que jamais; car il s'agissait encore pour elle d'une question d'avenir.

Charlemagne, en sa qualité de grand remetteur à neuf, s'était aperçu que l'ancienne voie romaine avait été on ne peut plus mal tracée. D'abord elle n'était pas assez large pour lui et son cortège, et il tenait beaucoup à frapper les populations d'étonnement, d'admiration et de crainte; ensuite il avait ses idées en fait de politique; ainsi il pensait que niveler c'est régner, que la ligne courbe est quelquefois la plus courte et que souvent il faut savoir tourner les difficultés. Il avait donc ordonné de *rectifier* la route et de la faire passer à un mille au-dessous de la ville de Geist. Les malheureux habitants eurent beau faire, leur route les quitta. Cantines, hôtels, entrepôts, s'établirent sur la voie nouvelle, et, comme la première fois, la station devint un lieu de rendez-vous. Seulement ce n'était plus uniquement pour voir passer les soldats franks que le beau sexe faisait le pèlerinage, c'était aussi pour se rencontrer avec les élégants de Geist. Ici encore l'histoire a négligé les détails. La galanterie était en progrès comme le reste. Le mouvement, une fois donné, ne s'arrêta plus. On parodiait le mot de Mahomet : « Puisque la route, disait-on, ne peut rester avec nous, allons vers la route! » C'est ce que l'on fit. Moellons, solives, mobilier, ustensiles prirent le chemin de la nouvelle station, laissant derrière eux un terrain en pente complètement dénudé, — dénudé, non : il était couvert de ruines, — et tantôt brûlé par le soleil dont il renvoyait les rayons sur la ville neuve, tantôt lavé par les eaux torrentielles qui, tout naturellement, allaient inonder les habitants. Mais comme ces inondations ne faisaient guère de ravages sérieux que tous les dix ans, on s'en inquiétait pendant six mois ; on mettait là question à l'étude ; on instituait des commissions d'enquête, des sous-commissions, lesquelles nommaient des rapporteurs, des sous-rapporteurs ; puis commissions, sous-commissions, rapporteurs, sous-rapporteurs, journalistes affairés, habitants oisifs, bavards de toute sorte, s'endormaient tout doucettement jusqu'à nouvel ordre.

Lors de ce second déménagement, il fut décidé que la ville abandonnerait son nom de Geist, qui ne signifiait plus rien, pour prendre celui de *Neubourg* ou *Ville-Neuve*, qui ne signifiait pas davantage.

Mais c'était un changement, donc c'était un progrès.

IV

Ainsi la ville marchait toujours et s'élevait en s'abaissant, suivant le précepte de l'Évangile. Elle se maintint pendant dix siècles à son nouveau poste, souvent visitée par des guerres impitoyables, notamment celles de l'Indépendance et de la Réforme, et par des épidémies de toutes sortes, notamment la peste, qui tuait beaucoup de monde à la fois, et les fièvres paludéennes, qui tuaient peu à peu, mais dont les ravages étaient encore plus considérables. Aussi, en l'an 1800, lors du passage de Bonaparte à travers les Alpes, la population de Neubourg n'avait-elle guère augmenté. Pestes, massacres, pillages, incendies n'avaient qu'un temps, et l'on n'y pensait plus, une fois le fléau passé ; mais les fièvres endémiques, qui avaient élu domicile dans la ville, ne laissaient pas que de donner de l'inquiétude. Les esprits chagrins et religieux les attribuaient au luxe effréné, « ce symptôme de la fin des empires », et tournaient leurs regards vers Dieu ; les médecins, qui n'étaient (à cette époque, bien entendu) ni chagrins ni religieux, mais qui étaient encore un peu astrologues, se contentaient de consulter les étoiles et les planètes. Nul ne s'avisait de regarder au-dessous de soi, où était le marais.

V

Notre Premier Consul, comme Charlemagne, se fit nommer empereur, réunit l'Italie à l'Empire français, et, comme Charlemagne aussi, s'aperçut que la route qui passait par Neubourg pouvait, ainsi que bien des choses, être facilement nivelée, c'est-à-dire avoir plus de courbe et moins de pente. Donc les malheureux habitants de Neubourg se virent encore une fois enlever leur route. Les phénomènes précédemment énumérés se reproduisirent. Il y avait à peine un quart de lieu de distance entre la ville et le point de la nouvelle route le plus proche ; de plus, les terrains étaient littéralement pour rien dans les Alpes. Neubourg se remua une troisième fois et descendit en masse, hommes et habitations, sur la magnifique avenue qu'avait fait construire l'Empereur.

Il n'était bruit, en ce temps-là, que des gigantesques travaux en cours d'exécution à Paris. Neubourg, qui renaissait de ses ruines, parlait déjà de « décentralisation » et voulait rivaliser avec la « capitale » de la France. La municipalité prit des mesures tout à la fois grandioses et hygiéniques. On fit de vastes rues, que l'on pava de larges pierres dures et luisantes, sur lesquelles s'abattaient les chevaux ; on fit d'immenses places, que l'on planta de manches à balai destinés à devenir des arbres ; on construisit des édifices monumentaux, mais fort laids, etc. En ce moment on ne voyait plus le ciel qu'en levant la tête, car on était presque au fond d'une espèce d'entonnoir ; aussi voulait-on avoir un peu de verdure pour récréer la vue et garantir les têtes neubourgeoises des ardeurs du soleil. Toutes ces combinaisons n'empêchèrent pas les fièvres endémiques de faire des ravages encore plus considérables que par le passé. Cependant ceux qui ne mouraient pas semblaient pleins de force et de fraîcheur. Les femmes surtout devenaient de plus en plus belles, mais d'une beauté par trop orientale. Leur gorge prenait un développement dont elles étaient fières. Ceci devint une mode et les médecins homœopathes et hydropathes leur faisaient boire de l'eau pour leur entretenir le teint. Mais on ne tarda pas à s'apercevoir que ce que l'on considérait comme une beauté était une maladie qui faisait des victimes. Alors on songea à ces malheureux arbres qui avaient grandi et qui étaient dans toute la splendeur de leur feuillage ; on leur attribua tout le mal, et l'on parla de la vertu souveraine des rayons du soleil. D'un autre côté, les voisins se plaignaient de ces masses de verdure qui leur masquaient la vue et qui servaient d'abri à une multitude d'hôtes incommodes, comme les oiseaux dont le chant les empêchait de dormir, et les insectes qui les taquinaient dans leur repos ou prenaient part à leurs repas. Les arbres furent sacrifiés, et les Neubourgeois n'eurent plus de verdure sur la tête. En revanche, comme les rues étaient larges et que l'herbe y croissait à l'aise, ils eurent de la verdure sous les pieds, ce qui était une petite compensation.

Mais l'industrie des fromages faisait toujours des progrès.

VI

Tel était l'état des choses lorsque le chemin de fer de X... à Y... vint à passer au fond de la vallée en traversant le marais. Neubourg ne pouvait manquer d'être doté d'une station, mais, malgré tout le mal que se donnèrent les habitants, cette station s'établit à peu près à un kilomètre de la ville. Et Neubourg, qui avait déjà fait trois kilomètres en dix-huit siècles et qui entrevoyait la fin de son pèlerinage, ne tarda pas à se porter tout entier à la gare. Neubourg avait raison : ce fut là sa dernière étape, car, quelques années après, tous ses habitants étaient goitreux.

L'HYGIÈNE DU MALHEUR

I

Enfin le malade ouvrit les yeux et promena autour de la chambre des regards vagues et inconscients. Le vieux médecin du voisinage, que la portière était allée chercher en toute hâte, eut l'idée de l'appeler par son nom pour le ramener au sentiment de la réalité.

« Monsieur Phillips, remettez-vous; ce n'est qu'une crise, Voyons! Monsieur Phillips!... Monsieur Phillips!!

— Phillips?... Je ne suis plus Phillips, répondit le malade revenant à lui; je suis Samuel Robert, de Nantes.

— Samuel Robert? fit à son tour le médecin; quoi! vous seriez ce Robert dont les journaux ont tant parlé, il y a une vingtaine d'années, et qui disparut subitement?

— Oui, répondit-il. Hier encore j'étais Phillips, mais aujourd'hui, je me souviens : je suis bien Robert. »

Comme le médecin, grand philosophe, cherchait le sens de ces paroles, le malade ajouta, après un moment de silence :

« Dites-moi, monsieur le docteur, vous qui avez si finement observé les phénomènes de la nature humaine, et qui les avez si admirablement décrits dans vos ouvrages, croyez-vous qu'on puisse arriver à perdre la mémoire?

— Sans doute, répondit le médecin; les cas ne sont pas nombreux, mais, à la suite de certaines maladies, d'une fièvre typhoïde, par exemple...

— Ce n'est pas ce que je veux dire, interrompit Samuel; je vous demande si vous pensez qu'il soit possible d'arriver à perdre totalement la mémoire par la force seule de la volonté.

— Allons donc! fit le médecin. Pour lutter contre un souvenir, il faut l'avoir devant soi; l'idée seule de la lutte doit évoquer le fantôme. A pareil exercice on deviendrait fou.

— Eh bien, je ne suis pas devenu fou, et je suis parvenu à oublier. Je sens là, ajouta Samuel en portant la main à son cœur, je sens là que je suis frappé mortellement et que je n'ai plus que quelques heures à vivre; je veux les employer à vous raconter mon histoire. La toile s'est levée, et mon passé m'apparaît distinctement, dans tous ses détails. A ce seul symptôme je reconnaîtrais que je vais mourir. Écoutez-moi, vous ne perdrez pas votre temps. Peut-être trouverez-vous dans ce que je vais vous raconter quelques renseignements utiles pour vos importants travaux.

II

A voir ma tête chauve, mes yeux dont la lueur s'éteint, les rides profondes de mon visage, le fond mat de mon teint parsemé de tâches brunes, les dernières vibrations nerveuses d'un organisme qui vient d'être violemment frappé, on supposerait avec raison que je suis affligé d'une sensibilité, d'une irritabilité extraordinaires; mais on aurait tort d'en conclure que j'ai toujours souffert. C'est une singulière histoire que la mienne. J'étais arrivé à l'âge d'homme qu'un coup de fusil me faisait encore tressaillir; la vue d'un serpent, d'un crapaud, d'un rat, d'une araignée me glaçait d'effroi; la plus petite contradiction m'irritait; le moindre accident survenu dans mon existence prenait à mes yeux des proportions énormes; mon imagination s'exaltait même à la seule idée de ces accidents, et j'en souffrais comme si déjà j'en étais victime. Alors je m'inquiétais, je calculais, je combinais, je me mettais l'esprit à la torture; je courais dans les rues comme si, au tournant, je pouvais trouver l'événement qui devait décider de mon sort; je me hâtais dans mes occupations, comme si arriver à une minute donnée eût été pour moi une question d'avenir. Le passé jouait aussi un grand rôle dans ma vie. Souvent, au souvenir d'un plaisir ou d'une peine, je me surprenais à rougir ou à pâlir. J'y étais tout entier : mon cœur battait, mes genoux fléchissaient, un tremblement nerveux s'emparait de mon être. Enfin, monsieur le docteur, je n'existais réellement plus dans le présent; je n'étais plus qu'un passé ou un conditionnel.

Les médecins m'avaient dit souvent : Gardez-vous de toute émotion, absolument comme s'ils m'eussent dit : Portez-vous bien et vous serez guéri. Un d'eux même me déclara, pendant une maladie qui me tint au lit fort longtemps, que j'étais atteint d'une affection nerveuse du cœur, et que la moindre secousse pourrait m'être funeste. L'excellent homme croyait bien faire en me prémunissant contre les conséquences des plaisirs et des passions de la jeunesse; néanmoins, vous comprenez l'effet que cette menace produisit sur moi. Je me rétablis, mais le mal était fait, et les paroles du docteur étaient toujours présentes à mon esprit.

J'avais de la mort une peur immense. Elevé dans le scepticisme religieux le plus complet, je ne croyais qu'à une chose, au néant; mais la perspective des peines les plus douloureuses de la vie future n'aurait pas jeté mon âme dans des terreurs aussi grandes que la simple idée de n'être plus rien après ma mort. J'avais beau me raisonner et me dire que je serais après ce que j'étais avant, une épouvante indicible me saisissait quand je songeais à la dispersion des molécules de mon cadavre, à l'anéantissement complet de mon être, à la perte éternelle de mon individualité. Le gouffre sans fond était là béant devant moi, et je sentais que la frayeur seule que j'en avais pouvait à chaque instant m'y précipiter. Alors je me roidissais, je prenais courage et je parvenais à chasser les pensées malsaines et les redoutables erreurs. Ainsi, je puisais mon courage dans la peur même de la mort.

Ces petites victoires que je remportais sur mon imagination devinrent de plus en plus faciles; à la fin, elles n'étaient qu'un jeu pour moi; « Parbleu! me dis-je un jour, je suis plus fort que je ne croyais. Mais au fait! puisque j'ai assez d'énergie pour lutter avec avantage contre l'idée de la mort, pourquoi n'en aurais-je pas contre les accidents très secondaires de la vie? Mon repos et ma santé sont à ce prix. » C'était toute une éducation à faire; je n'hésitai pas, et j'entrepris courageusement ma conversion. Je dois dire aussi que, dans ma lutte, je fus soutenu par le dévouement de mon unique ami.

III

Il s'appelait Étienne, — inutile de vous dire son nom de famille. — Étienne, au moment où je m'y attendais le moins, me surprenait par un cri rauque ou par la détonation d'une arme à feu; il m'habituait à marcher dans l'obscurité et à aller toucher du doigt les fantômes blancs qui se dressaient vaguement devant moi; il me contre-carrait dans mes goûts, mes opinions, mes craintes, mes espérances; il me disait des choses très dures, et, quand je m'emportais, se mettait à rire; enfin, il m'élevait comme un tout petit enfant. Au bout de quelque temps de cet exercice progressif, je m'aperçus que je sortais vainqueur de toutes les expériences, et je m'accoutumai à marcher seul, à résister seul, à surmonter la peur, à être froid devant la contradiction et l'injure, insensible aux contrariétés et aux froissements de la vie. Ainsi j'étais peu à peu arrivé à mater mes nerfs, comprimer mon cœur, brider mon imagination, étouffer ma voix, chloroformiser en un mot tout mon être.

Ma volonté avait accompli tous ces prodiges, et un plus grand encore : j'étais parvenu à la constituer la gardienne attentive de mon sommeil. Oui, monsieur le docteur, alors même que nous ne nous appartenions plus, ma volonté veillait sur moi pour écarter soigneusement toute vision fâcheuse. Mes rêves dégénéraient-ils en cauchemars sous l'influence d'une surexcitation maladive, aussitôt une réaction énergique s'opérait dans tout mon être; tout endormi, je pensais que je devais dormir, je luttais contre le sommeil, je faisais un effort suprême — et je m'éveillais.

Et, loin d'user mes forces dans cette lutte, comme vous le disiez, il n'y a qu'un instant, je m'aperçus un beau jour que la volonté avait vaincu la nature, et que je ne souffrais plus du cœur.

Explique ce phénomène qui pourra : ma guérison physique n'était-elle qu'une conséquence de ma guérison morale, ou, à l'inverse, les troubles et les agitations de mon âme avaient-ils été étouffés sous la force d'expansion de mon tempérament? Peut-être que vous-même, monsieur le docteur, vous seriez embarrassé pour résoudre cette question.

Étienne, lui, était spiritualiste. Il croyait à la toute-puissance de la volonté. « Vois-tu, me disait-il souvent, la souffrance morale n'existe que dans l'imagination des hommes. C'est une affaire de milieu, d'éducation, d'habitude, de convenance; c'est une mode, c'est un préjugé. Il n'y a qu'un mal réel, le mal physique, et encore je ne suis pas bien sûr qu'une nature vigoureusement trempée ne puisse arriver à le réduire à des proportions relativement mesquines. Il n'y a qu'à vouloir. L'on souffre beaucoup plus de la peur du mal que du mal lui-même. Tu n'as pas encore éprouvé de grands malheurs, mais cela viendra. Tu verras alors combien la nature est bonne mère : elle nous étourdit et nous endort sous le coup, de façon à ne pas nous faire trop souffrir ; et tu reconnaîtras toute la vérité de cet axiome : L'homme est encore plus fort contre l'adversité que contre le bonheur.»

Étienne formulait ainsi mes observations personnelles. Sans avoir eu de grands chagrins, sans avoir éprouvé de grandes infortunes, j'avais nécessairement subi les mille petites vexations de la vie. Or, je m'étais aperçu que, depuis que j'avais résolu de ne plus songer aux contrariétés possibles et de me laisser surprendre par elles, je les supportais assez philosophiquement. C'était déjà beaucoup, mais ce n'était pas assez. Je n'étais pas encore arrivé à me défendre des souffrances rétrospectives. J'avalais le breuvage tout d'un trait, en fermant les yeux, mais je le savourais après coup, et la digestion était pénible. J'étais sans force pour souffrir le mal au moment où il m'atteignait, mais aussi sans énergie pour le chasser une fois qu'il avait pris possession de mon être. Je résolus de mettre ordre à cela.

A force de songer à cette importante question, je finis par reconnaître que toute ma force d'âme ne serait rien si elle ne s'appuyait sur une ou deux bonnes théories. De bons principes religieux et moraux m'eussent donné le courage de la résignation ; mais je n'avais aucun de ces principes. Il fallait donc me fabriquer, pour mon usage personnel, un certain nombre d'aphorismes pratiques. Avez-vous remarqué, monsieur le docteur, combien les sentences sont utiles et agréables ? C'est un grand soulagement déjà que de pouvoir exprimer un malheur d'une façon concise et pittoresque ; c'est aussi une singulière volupté pour la vanité humaine que de pouvoir se dire : « Je l'avais prévu ; je souffre, mais je suis réellement très fort. » Emprisonner les événements dans des formules, quelle victoire pour ce que nous appelons notre sagesse! Les proverbes sont moins des règles de conduite que des remèdes à nos blessures. On n'est pas assurément bien heureux de recevoir un coup, mais on est bien aise de savoir d'où il vient.

Voici donc quel fut le résultat de mes réflexions :

Premièrement, les hommes ne sont absolument ni bons ni mauvais; leur nature est d'être inconstants. Il ne faut donc pas trop leur en vouloir quand ils font mal, ni trop se fier à eux quand ils

font bien. Ni haine ni amour, telle doit être la devise de l'homme sage.

Secondement, les événements ne sont absolument ni bons ni mauvais, eu égard à l'enchaînement des choses. Tel accident que l'on croit heureux n'est que le prélude de grands malheurs; tel événement que l'on considère comme fâcheux n'est qu'un premier pas vers un bien inattendu. Il ne faut donc ni trop se réjouir dans la bonne fortune, ni trop désespérer dans la mauvaise.

En résumé, ne rien prévoir, s'attendre à tout et ne s'abandonner à rien ; ne froisser ni les hommes ni les choses de peur d'être meurtri; ne pas faire le mal de crainte d'une revanche, ne faire le bien que pour ne pas avoir d'ennemis ; ne pas se venger, car la vengeance ne vaut pas la peine qu'elle coûte ; en un mot, être autant que possible indifférent et insensible, telle fut ma ligne de conduite.

Je m'aperçois, monsieur le docteur, que si mon récit est long et fatigant, ma vie n'a jusqu'à présent rien qui soit de nature à motiver l'ennui que je vous cause. Mais notre orgueil nous a faits ainsi : nous voulons tous être des personnalités alors que nous roulons tous pêle-mêle dans la même fange. Nous accepterions volontiers le malheur à condition qu'il environnât notre front d'une auréole quelconque. Il nous répugne d'être confondus avec le vulgaire, mais nous avons beau lever la tête et faire notre grosse voix, nous sommes tout étonnés, en regardant à nos côtés, de voir une multitude innombrable lever la tête comme nous et pousser des cris comme les nôtres. Pardonnez-moi, monsieur le docteur, les réflexions rebattues avec lesquelles j'ai abusé de vos instants, mais elles n'étaient pas complètement inutiles pour l'intelligence de ce que j'ai encore à vous raconter: il fallait que vous connussiez le sujet.

IV

Ainsi je marchais dans la vie, me croyant fort de mon scepticisme et de mon indifférence, fanfaronnade assez commune chez les jeunes gens. Toutefois ma théorie avait cela de personnel que, pendant que les autres faisaient profession de connaître les hommes, j'étais convaincu que le meilleur encore est de ne pas les étudier. J'avais vu si souvent toutes les combinaisons réputées les plus judicieuses déroutées par la réalité, qu'il me semblait plus sage de ne pas me fatiguer à chercher à deviner des logogriphes. Et, de même que j'évitais soigneusement de jeter les yeux sur le grand problème de l'âme, de même je me défendais de toute curiosité touchant la nature des hommes et l'en-

chaînement des choses. J'étais possédé d'un
égoïsme immense, aussi immense que mon orgueil.

Je vous ai longuement expliqué comment j'étais
arrivé à ne plus souffrir des malheurs imaginaires;
mais la seconde partie de mon programme, celle
relative aux chagrins réels, était plus difficile à
mettre en pratique. Cependant je ne désespérai
pas d'en arriver là au moyen de ce grand remède
qu'on nomme *oubli*.

J'ai entendu dire par tous mes professeurs de
collège que la mémoire n'est que ce qu'on la fait,
et qu'elle se fortifie par l'exercice; je me demandai
si, inversement, il ne serait pas possible de l'af-
faiblir et même de l'anéantir. Comment la volonté,
qui fait des prodiges, comment ma volonté à moi,
qui ne m'abandonnait même pas pendant le sommeil, ne pourrait-elle pas venir à bout de cette
chose si fugitive appelée la mémoire? Ceux qui
veulent croire arrivent à la foi en pratiquant,
était-il donc impossible d'arriver à l'oubli? J'avais
remarqué que, dans la plupart des cas, ce qui fait
qu'on se souvient c'est qu'on trouve une espèce de
plaisir amer à se souvenir. Gratter une plaie est
une jouissance, mais on envenime le mal. On se
fait une petite gloriole de la souffrance, on se
grandit à ses yeux et surtout aux yeux des hommes, on s'entretient de ses malheurs, on se dor-
lote dans les consolations; c'est l'enfant qui tousse
pour des sucreries : mais les sucreries irritent la
gorge et la poitrine, et donnent la toux si on ne
l'a pas. La douleur est comme le feu : le grand air
la fait vivre. Partant de ce principe, je n'eus pas
de peine à me persuader que, si je parvenais à
rester complètement muet sur mes souffrances et
à en détourner ma pensée, j'aurais facilement raison du mal.

V

Jusqu'à ce moment, sous l'influence d'une nature lymphatique, frêle et maladive je n'avais eu en
vue que le mauvais côté de l'existence. A force
de raisonnements, d'études et d'expériences sur
moi-même, j'étais parvenu à ne pas trop
craindre le mal et même à triompher de la douleur morale; mais je n'avais pas songé à me défier
du bien. J'étais guéri de la longue maladie nerveuse
qui m'avait fait tant souffrir, mon tempérament
se fortifiait et j'allais me trouver sans défense
contre les provocations du plaisir et les séductions
du bonheur. Les sollicitations de toute nature
vinrent assaillir mon cœur et mes sens. Adieu mes
beaux raisonnements! J'avais le cœur blasé comme
un vieux débauché, mais j'étais chaste comme

une vierge. Je marchai vers l'horizon plein de
promesses qui s'ouvrait devant moi, et je donnai
ma foi et mon nom à la première femme qui cap-
tiva mon cœur. J'avais alors vingt-cinq ans.

Elle semblait, du reste, digne en tous points de
mon amour, j'avais tout pour être heureux : une
femme jeune, belle, douce, aimante, un superbe
garçon qu'elle me donna un an après notre union,
une fortune honorablement acquise par mon père
et que je faisais honorablement valoir à la tête
d'une maison de banque estimée dont j'avais con-
fié la direction à mon excellent ami Etienne.
D'autres se seraient tenus cois dans leur bonheur;
mais, si j'étais philosophe et ne songeais pas au lendemain, du temps que je vivais dans la souffrance,
il n'en était plus de même depuis que j'étais heureux. Les principes malsains dont je m'étais
nourri faisaient sentir leur influence délétère, et le
poison moral que j'avais pris comme remède me
torturait le cœur. Le doute et la crainte avaient
envahi mon âme. Je me croyais le jouet d'une illu-
sion; je ne me sentais pas digne de tout cet amour,
de tout ce bien-être dans lequel j'étais emmitouflé.
Cette félicité, je l'avais obtenue trop facilement,
elle devait cacher un piège. « Tout cela n'est pas solide, me disais-je, et alors il me semblait qu'il y avait
un recoin du cœur de ma femme inexploré par
moi et dans lequel il m'était défendu de pénétrer.
Vous connaissez assez notre pauvre nature humaine, monsieur le docteur, pour savoir quelle
amertume laisse derrière elle une possession incom-
plète. Nous aurions dû ne faire qu'un dans notre
amour, et je sentais que nous étions deux êtres
distincts, elle et moi. Aussi n'avais-je que des
instants d'abandon et des élans de tendresse, ce
qui m'amenait à me demander si mon affection
elle-même était bien réelle. Ces intermittences de
fièvre m'effrayaient. J'embrassais mon fils et ma
femme avec frénésie; puis, mes réflexions habi-
tuelles prenant le dessus, je retombais dans le silence, la tristesse, le doute, le découragement. « A
quoi penses-tu? » me disait-elle. « A toi, » répon-
dais-je en souriant et en l'enveloppant dans un regard plein d'amour. Elle me souriait à son tour;
mais je voyais bien qu'elle ne me croyait pas, et
je me désespérais. Pourquoi en effet m'eût-elle
livré son cœur tout entier, lorsque je ne lui
livrais pas le mien? Elle était femme, c'est-à-dire
qu'elle ne voulait pas d'un demi-triomphe. Que
devait-elle penser? que devait-elle rêver? Il devait
y avoir certainement dans son âme de l'amertume, des regrets, du découragement et du désespoir. Ne devait-elle pas se livrer au calcul des
possibilités, comme je le faisais moi-même? Or, la
voyant, dans mon imagination surexcitée, se déta-

cher peu à peu de moi, je m'efforçais de vaincre cette seconde et détestable nature que je métais faite, et de m'abandonner sans réserve aux doux sentiments d'époux et de père. Mais le pli était pris, et tous mes efforts de tendresse ne servaient qu'à contraster plus vivement avec la morne lassitude qui les suivait. Oh! quelles étaient loin mes bonnes résolutions de ne pas me préoccuper de l'avenir! J'entrevoyais le malheur, j'y appliquais toutes les forces de mon imagination, j'en combinais les suites, je le magnétisais, je l'attirais à moi, semblable à l'ouvrier maladroit qui, de peur, casse l'objet qu'il tient dans ses mains. Puis, à bout de raisonnements, épuisé, perdu, ne voyant devant moi qu'un labyrinthe inextricable, je fermais les yeux de guerre lasse : je me rappelais le mot qu'Étienne ne cessait de me répéter, *la douleur n'existe pas*, je secouais les épaules et je m'écriais : Bah! après tout, ne suis-je pas philosophe?

VI

Le MALADE s'arrêta. Il passa à plusieurs reprises la main sur son front, fit de la tête un mouvement d'impuissance et continua :

Le sort me guettait, il n'aime pas les fanfarons. Le croup m'enleva mon unique enfant en quelques heures. Il me fut prouvé alors que je n'étais pas un philosophe, mais que j'étais un homme. Mon désespoir fut peu bruyant; celui de ma femme fut muet. Sa douleur ne souffrit même pas les consolations que je voulais lui donner. Hélas! elle me trompait depuis longtemps, et le seul lien qui nous unissait encore venait de se rompre. Le lendemain elle s'enfuit avec Étienne, emportant toutes les valeurs que j'avais en numéraire ou en billets de banque. On touchait à la fin du mois : c'était la faillite et le déshonneur.

J'abrège cette partie de mon histoire, car je ne veux pas me souvenir. Du reste il me serait impossible d'entrer dans de grands détails. Le mot d'Étienne était juste : la douleur m'avait *assommé*. Mais la réalité menaçante était là, le malheur m'environnait de toutes parts : j'avais perdu ma femme et mon fils, j'étais réduit à la misère, j'étais déshonoré comme époux et comme commerçant. Ce n'était pas un cauchemar, je ne dormais pas. Un autre eût songé au suicide, mais j'avais peur de la mort. Bah! répétais-je, que m'importe? Une violente douleur au cœur me répondit : Il t'importe de vivre. . . . .

VII

. . . .

Quand je repris mes sens, je me trouvai sur le pont du vaisseau *the Hope* (*l'Espérance*), qui transportait en Californie une colonie d'émigrants anglais. C'était en 1848.

Attendez que je me souvienne... Oui, c'est bien cela. Résolu à fuir, je m'étais coupé la barbe et les cheveux, j'avais changé de vêtements, je m'étais débarrassé de tout ce qui pouvait me trahir ou me rappeler ma vie passée; j'avais traversé le détroit, et je m'étais rendu à Douvres. Là, perdu d'esprit, cherchant instinctivement l'oubli dans le bruit et l'ivresse, j'étais entré dans une taverne de matelots, je bus outre mesure et me laissai embaucher. Je vois encore confusément l'orgie et la rixe. Une scène de sang. Un homme est tué. Je suis saisi, déshabillé, revêtu de ses habits; le cadavre est jeté dans la cave par une trappe. A ce moment mes oreilles sifflent, un malaise indicible me prend au cœur et au creux de l'estomac, et je m'évanouis. . . . .

Je fus réveillé brusquement par un homme d'assez mauvaise mine me criant en anglais (je connaissais à fond cette langue que mes relations de banque m'avaient rendue familière) : Debout! Philips, debout!... Quand tu me regarderas ainsi pendant une heure, ne reconnais-tu pas ton vieux camarade?

La scène de la veille passa devant mes yeux. J'allais protester, mais un vague instinct de conservation me ferma la bouche. Je fouillai dans ma poche et j'y trouvai tous les papiers de celui qu'on nommait Philipps. Son signalement pouvait à la rigueur s'appliquer à moi. — Parbleu! me dis-je, à quoi bon ruminer sur ma vie passée? Je voulais oublier, les événements me servent à merveille. Commençons une nouvelle existence, et entrons bravement dans le personnage du nommé Philips.

VIII

Du reste, il me souriait assez d'être Philipps. Il paraît que j'avais toujours été un honnête homme, cerveau un peu brûlé il est vrai, très capable de faire des sottises, mais incapable d'une bassesse; un de ces mille citoyens turbulents dont le gouvernement cherchait à se défaire. Je m'étais laissé séduire par les magnifiques promesses du paradis californien; j'avais suivi mes compagnons d'émigration dans la taverne de Douvres... et je me trouvais avec eux sur le pont du vaisseau *the Hope*. Jackson, le compagnon qui m'avait si brusquement réveillé, aimait à s'entretenir avec moi des fredaines de notre jeunesse, de nos maîtresses, de nos orgies. Pas un détail de ma vie qui ne me fût complaisamment rappelé. Au bout d'une quinzaine de jours, je racontais volontiers mon histoire, et je la racontais si bien que je finis par prendre mon rôle au sérieux, et par croire, comme on dit, « que c'était arrivé ». Il faut dire aussi que je n'avais guère le loisir de revenir en arrière. Mon travail, comme homme de corvée, était rude, et le peu de temps qui m'était laissé était employé en récits et en plaisanteries de toutes sortes. Nous n'étions pas encore en vue des côtes de la Californie, que j'étais convaincu d'avoir toujours été Phillips.

IX

Vous souriez, monsieur le docteur, vous ne croyez pas qu'un homme occupé de travaux purement manuels puisse claquemurer complètement son âme et la défendre des atteintes du passé. La séquestration en effet ne fut pas tout à fait brusque. Dans le principe, les souvenirs de ma vie d'autrefois se montraient furtivement à mon esprit; mais je chassais bien vite ces visions fâcheuses. J'arrivais à me persuader que tout cela ne me regardait nullement et que j'étais bien loin de m'en inquiéter. Alors, par un effort suprême de ma volonté, je tendais toutes mes facultés vers l'accomplissement de ma tâche; j'y mettais une ardeur telle que je faisais beaucoup mieux et beaucoup plus vite que mes compagnons, et que, le soir, épuisé de fatigue, n'ayant plus la force de me souvenir, je m'endormais profondément et sans songer, jusqu'au réveil et au travail. Ainsi je tuais l'âme par le corps. Ah! monsieur le docteur, on a beau chercher des remèdes aux grandes infortunes, chez les gens comme moi, qui n'ont pas pour ressource la foi et la prière, il n'y a réellement qu'une consolation, le travail. Les distractions, le jeu, le vin, les femmes, l'ambition, quelles folies! Il m'est arrivé une ou deux fois, à bord du vaisseau, de m'enivrer avec mes compagnons : mes nerfs vibraient, mes oreilles sifflaient, mon cœur, heurtant ma poitrine avec violence, semblait battre le rappel de mes souvenirs. Oh! que les gens nerveux ont tort de vouloir noyer leur chagrin dans le vin! Les autres pourront à la rigueur y trouver l'abrutissement, eux n'y trouveront jamais l'oubli. Je me jurai de ne plus boire, et je me suis tenu parole. Le travail seul était mon remède, et je tenais à conserver mes forces pour ce travail qui était la conservation de ma vie.

X

Je recueillis bientôt les fruits de mon énergie, de mon ingéniosité et de mon application au travail. En arrivant en Californie, non seulement j'avais oublié, mais encore j'étais fort pour la lutte avec les hommes et les éléments. Je devins autre chose qu'un pionnier laborieux; j'employai toutes

les ressources de mon esprit et de mon instruction à chercher des procédés économiques d'extraction, d'affinage, etc. J'ai attaché mon nom de Phillips à plusieurs découvertes utiles. La fortune me sourit; au bout de quelques années, j'étais assez riche pour ne plus travailler. J'essayai en effet de me reposer et de jouir de mes richesses. Hélas! le corps était usé pour la jouissance. Le moindre excès me rendait malade. Hors du travail mon élément, j'étais comme le poisson hors de l'eau. Je souffrais, mon malaise revenait, mon cœur me donnait de terribles avertissements et mes souvenirs se montraient menaçants. Je n'avais fait que recouvrir de cendres le foyer; j'avais éteint la flamme, mais non le feu qui se conservait pour reparaître à certains moments plus vivace que jamais. Il faut que les souvenirs meurent de vieillesse, et c'est en ce sens que l'on dit que le temps vient à bout de nos douleurs. Puis l'ennui me rongeait; je voyais plusieurs de mes compagnons enrichis mourir de désœuvrement, et la crainte de faire comme eux me reprenait de plus belle. D'un autre côté, je sentais que, tant que je serais riche, je ne pourrais porter au travail cette activité soutenue, indispensable au maintien de ma santé. Savez-vous ce que je fis, monsieur le docteur? Je fis usage d'un remède héroïque et je donnai tout mon bien aux malheureux. Je ne m'en fais pas gloire : ma charité n'était que de l'égoïsme, aussi n'eus-je d'autre récompense que d'entendre dire de moi, par les uns que j'étais un original, par le plus grand nombre que j'étais réellement fou.

Heureux dans mes entreprises, aiguillonné par le même besoin d'activité, j'ai refait ainsi trois fois ma fortune, ne trouvant de repos que dans le labeur journalier, opiniâtre. Du bien-être physique, je n'en voulais pas, je vivais comme un gueux au milieu de l'opulence; des plaisirs, je ne pouvais en prendre. Instinctivement, je fuyais la société des femmes. Mon genre de vie était d'une sobriété, d'une simplicité plus que rustiques : pas un meuble brillant, pas une glace, rien qui pût me rappeler mon luxe d'autrefois. Je ne voulais être que Phillips. Un jour que je me rendais à une de mes nombreuses exploitations, mes yeux tombèrent par hasard sur une flaque d'eau limpide, et, pour la première fois depuis dix-huit ans, je vis mon visage. Je vous assure, monsieur le docteur, que, en admettant que j'eusse conservé quelques souvenirs de mon passé, j'aurais eu de la peine à reconnaître dans le vieux Phillips aux cheveux blancs le jeune et pimpant Samuel Robert, de Nantes. C'est ainsi que j'étais parvenu à effacer de ma mémoire tout vestige de ma vie antérieure et à m'incarner complètement dans le personnage de

Phillips. J'étais en quelque sorte venu au monde à l'âge de trente ans sur le pont d'un navire. On m'eût raconté l'histoire de Samuel Robert que je l'eusse écoutée, je crois, avec cet intérêt distrait qu'on accorde aux choses qui ne nous touchent pas.

XI

J'ai vécu dix-huit ans ainsi, et ces dix-huit ans ont passé comme un rêve. Nous avons beau jouir et souffrir, nous avons beau nous agiter et multiplier les points de repère dans notre existence, on dirait que la vitesse du temps augmente en raison de la distance parcourue. Notre enfance passe lentement, notre jeunesse fuit un peu plus vite, et la rapidité augmente d'une manière effrayante à mesure que nous approchons de la terre, c'est-à-dire de la tombe. Il semble que nous obéissons à la loi générale de la chute des corps. Mais n'est-ce pas tout simplement un effet d'optique? Ce convoi qui file comme une flèche lorsque nous sommes tout près de lui n'a pour nos yeux, à une certaine distance, qu'une vitesse ordinaire et nous paraît se mouvoir à peine dans l'espace, quand il n'est plus qu'un point à l'horizon.

J'ai donc vécu dix-huit ans ainsi. Il y a une dizaine de mois, je ressentis les atteintes de la maladie qui avait fait déjà de courtes apparitions dans mon existence. Mais cette fois la douleur était plus vive et surtout plus constante; je sentais que le mal avait saisi définitivement sa proie. Les médecins de San-Francisco, au bout de leur savoir, m'engagèrent à aller à Paris, où se trouvaient, disaient-ils, des spécialistes du plus grand talent. C'était aussi le changement d'air, la distraction. Je partis donc plein d'espérance et curieux de voir un peuple devenu tout nouveau pour moi.

J'hésitai longtemps cependant à consulter les sommités médicales de Paris. Je craignais qu'on manquât de ménagements envers moi; mais, comme je craignais encore plus que la mort ne vînt me surprendre au moment où je m'y attendrais le moins, je me décidai à affronter le danger. J'ai eu le bonheur de m'adresser à vous, monsieur le docteur. Vous m'avez rassuré; vous m'avez dit que je pourrais vivre fort longtemps avec cette maladie, mais qu'il fallait éviter toute émotion violente, être sobre, ne pas penser à mon mal, voir beaucoup et me distraire sans me fatiguer. J'ai voulu suivre ce conseil, mais je n'étais plus apte au plaisir; je m'ennuyais, et, avec l'ennui, reparaissait la douleur physique. J'avais le mal du pays. Alors vous m'avez conseillé de retourner en Amérique. J'allais partir dans quelques jours lorsque, cette nuit, en sortant du spectacle, j'ai été attiré par des cris de femme. Un homme à la voix rauque injuriait et frappait une de ces malheureuses qui provoquent les passants sur le trottoir. Je me suis approché. En un instant tous mes souvenirs ont afflué au cœur, et je me suis évanoui en reconnaissant Étienne et ma femme.

XII

Sous le coup de la douloureuse commotion qu'il venait de raconter, le malade s'affaissa sur lui-même et sa tête retomba sur l'oreiller. Le médecin crut que sa dernière heure avait sonné; mais, par une de ces réactions dont Samuel connaissait le secret, il se releva brusquement. Ses yeux brillaient d'un dernier éclat, et le médecin pouvait suivre à travers sa chemise les pulsations dévergondées de son cœur. Samuel essaya de lire sur la figure impassible et muette du médecin; son inquiétude se changea en terreur; le frisson le prit, la sueur perla sur ses tempes, et il s'écria :

« Mais parlez-moi donc, monsieur le docteur, dites-moi que je ne vais pas mourir. Je ne veux pas du néant... D'ailleurs, le néant... qui sait?... Ah! j'ai eu tort de vouloir dompter la nature! elle a été plus forte que moi... Malheureuse femme! J'aurais peut-être pu la ramener. J'aurais pu faire face à l'orage et laisser derrière moi un nom honoré... Voyons, monsieur le docteur! dites, que pensez-vous de cette crise? Ce n'est pas la dernière, n'est-il pas vrai? D'ailleurs, la mort est imprévue, et il est impossible que je meure, puisque je crois que je vais mourir... La science est puissante, elle doit avoir quelque remède... Je ferai tout ce qu'il faudra. Faites-moi souffrir, mais que je vive! ne m'abandonnez pas!

— Calmez-vous, dit le docteur; il n'en sera rien pour cette fois. Allons! allons! un peu de courage! je reviendrai. »

« Eh bien? demanda la portière au médecin qui sortait.

— Eh bien! répondit le docteur, ce n'est pas un médecin qu'il faut à cet homme; c'est un prêtre. »

E. R.

UN MOT SUR PARIS

Après trente ans de désirs inutiles, me voilà
arrivé dans cette ville, à laquelle, dit-on, aucune
autre ne ressemble, et à laquelle, je crois, on serait fâché que d'autres ressemblassent. Une étendue immense; ainsi des lieues à parcourir pour
peu qu'on ait une affaire ou deux à traiter dans
sa journée. Pour parler à deux particuliers, on
peut aller du haut du faubourg du Roule au bout
du faubourg Saint-Jacques; si on ne trouve pas
son homme, on est libre de recommencer le lendemain, et cet exercice ne laisse pas d'être fatigant pour quelqu'un qui n'aime pas à être coudoyé
à chaque pas; à être frotté par un charbonnier ou
un marchand de farine; à recevoir dans ses souliers le trop-plein d'un porteur d'eau; à être arrêté
par des femmes très prévenantes, par des garçons
fripiers, par des distributeurs d'adresses; à être
éclaboussé par un fiacre, moulu par un cabriolet,
relevé par un homme obligeant, qui vous vole
votre montre ou votre mouchoir, etc...

Il est vrai qu'on peut éviter ces petits inconvénients en prenant une voiture de place. Mais il
faut examiner soigneusement l'intérieur avant de
s'y asseoir avec un habit propre, et toute l'attention
possible n'empêche pas qu'après y être entré seul,
on n'en sorte accompagné d'une manière fort
désagréable. Si vous avez pris la voiture à l'heure,
le cocher ne connaît plus son pavé; il est trop
sec ou trop humide, il faut aller au pas. Le drôle
vous jette dans des rues étroites, où il espère bien
être arrêté par quelque embarras. Alors il tempête,
il jure, il querelle le charretier, le conducteur de
la modeste vinaigrette, l'épicier qui a laissé une
caisse de savon en dehors de sa boutique. L'heure
s'écoule, et c'est ce qu'il veut. La vôtre se passe,
vous ne trouvez pas votre homme, et, instruit par
une fâcheuse expérience, vous prenez le lendemain un fiacre à la course. Oh! alors le cocher
fouette ses haridelles, et il parvient à les mettre
au trot; il fouette sans relâche, pour entretenir

leur ardeur du moment; il cherche le chemin le
plus court; pour ne pas faire quatre pas de trop,
il rase les bornes au détour de chaque rue, et la
tête d'un de ses chevaux entre par la fenêtre dans
la boutique d'une marchande de modes, dont le
vitrage excède la saillie permise par la voirie. Les
petites demoiselles, qui ne sont pas fâchées d'avoir
un prétexte de se montrer aux amateurs, jettent
le ruban, la gaze, le tulle, et accourent sur le seuil
de la porte. Là, elles se groupent avec art; elles
rient, elles folâtrent, elles font valoir leurs grâces,
ingénues... ou non, et les badauds, qui regar-
daient bêtement un carreau de vitre cassé, s'arrêtent au moins pour quelque chose.

Qui payera ce carreau? Le cocher n'a pas étrenné
encore, et il ne possède pas un sou. Vous ne voulez pas tripler le prix d'une course qui n'est pas
terminée; vous croyez l'achever à pied; pas du
tout. On mène le cocher chez le commissaire de
police, et on vous prie poliment de l'accompagner,
parce que votre témoignage est essentiel dans une
affaire de cette importance. Vous résistez, on se
fâche. Vous croyez échapper aisément à la marchande de modes et à ses petites demoiselles; un
monsieur, qui protège la boutique, s'attache à
vous, et déclare qu'il ne vous quittera pas que
vous n'ayez comparu par-devant M. le commissaire.
Vous le suivez, pour en finir, et vous ne finissez
rien. Le cabinet du commissaire est encombré de
gens de toute espèce. Là, est un locataire surpris
en enlevant furtivement ses meubles; ici, attend
une mère qui vient réclamer pour sa fille des ho-
noraires qu'on lui refuse, et qu'elle a bien gagnés.
Près du bureau de monsieur, est un filou qu'on
interroge et dont on écrit les réponses. Votre tour
ne viendra pas de deux heures, et vous n'avez pas
un instant à perdre. Vous payez le carreau; vous
courez vous jeter dans une autre voiture; vous
promettez un ample pourboire au cocher, s'il fait
diligence; il part comme le vent. A la descente

d'un pont, les chevaux n'ont pas la force de retenir la voiture; elle va plus vite qu'eux; le train de devant tombe avec violence sur les jarrets des chevaux; le timon se dresse; les ventrières, les traits cassent; les harnais sont enlevés à dix pieds de terre, les chevaux s'échappent; ils renversent une femme grosse, un président en la cour de cassation, un jeune abbé étranger aux choses de ce monde, et qui marchait les yeux élevés vers le ciel. Le mot terrible : *commissaire* retentit de toutes parts à votre oreille; vous vous esquivez par une portière, et vous continuez votre route à pied. L'homme chez qui vous allez demeure à la Chaussée-d'Antin, et dans ce quartier-là on ne trouve pas de décrotteurs, parce que tout le monde y est opulent, et que le banqueroutier a son carrosse, comme l'honnête homme. Un laquais vous toise de la tête aux pieds; vous êtes crotté, vous ne pouvez être qu'un ouvrier, qui apporte un mémoire à M. le comte, et M. le comte n'aime pas les mémoires; vous êtes éconduit. Vous êtes, dites-vous, un ami de monsieur; monsieur n'a pas d'ami qui aille à pied, et, il y a deux ans, M. le comte n'était qu'un petit avocat sans causes. Mais M. le comte a une très jolie figure, et la femme d'un ministre s'est chargée de sa fortune.

Pour éviter ces désagréments interminables, et me faire honneur ainsi qu'à mes compatriotes, j'ai pris un carrosse de remise. J'ai mis une livrée sur le corps de mon cocher, d'après l'usage adopté ici par beaucoup de gens dont les ancêtres n'avaient pas plus de bannières que les miens; je suis toujours mis avec élégance, et à l'aide de cette métamorphose, je passe partout, je suis reçu, fêté partout. On me croit riche, et ici comme ailleurs, cela suffit. Tant d'individus sont intéressés à ne pas s'informer de ce que l'homme opulent était la veille! *Passez-moi la rhubarbe, je vous passerai le séné.*

Il est d'un homme prudent d'étudier le sol inconnu qu'il habite : je notifie à mon cocher que je veux voir tous les quartiers de Paris. A une rue spacieuse, et qui n'offre aux regards que des hôtels magnifiques, aboutissent des ruelles dans lesquels le soleil ne pénètre jamais, où on respire un air épais et infect. Ces ruelles sont les asiles de l'indigence. L'insalubrité du domicile et les atteintes continuelles de la misère frappent ses tristes habitants d'une vieillesse prématurée. Leur pâleur, leur débilité annoncent leur état déplorable; ils sont nés, ils ont végété, ils meurent sans qu'on s'occupe d'eux. A quatre pas de là on célèbre un mariage, lien dont la fortune, abusée un moment, ne connaît bientôt que les dégoûts. La jeune et brillante épouse est chargée d'or, de diamants, qui ne satisfont que sa vanité; dix tables inutiles sont servies avec somptuosité, et des laquais gaspillent ce qui ferait exister pendant plusieurs jours la mère de la ruelle voisine, qui n'a pas de pain à donner aux aînés de ses enfants, et dont le sein desséché ne peut rafraîchir les lèvres, les entrailles brûlantes du malheureux qui vient de naître.

Je ferme les yeux, et je m'éloigne de ce contraste qui révolte, qui soulève le cœur. Je passe dans un autre quartier. Ce que les naturalistes ont rassemblé de plus rare et de plus précieux, ce que la botanique a ravi aux climats lointains, et ce qu'à force d'art elle contraint la nature à produire, est caché dans la partie la plus sale de la ville. Là, on a rassemblé ce que le vice et la misère ont de plus repoussant. En face du palais illustré par Buffon est l'hospice où l'on reçoit les victimes du libertinage de leurs pères, et de l'indifférence de leurs mères coupables. Un peu plus loin est la superbe basilique de Sainte-Geneviève. C'est à travers cette sentine qu'il faut passer pour aller rendre hommage aux mânes des grands hommes qui ont illustré leur patrie.

Je rétrograde, et je dirige ma course vers ces quais, et ces trottoirs, qu'admirent, dit-on, les étrangers. Les quais sont obstrués par une foule de misérables qui manquent d'ouvrage ou qui promènent leur insouciante paresse; qui ne savent s'ils dîneront, et qui regardent tranquillement l'escamoteur et l'âne savant. Dites-leur un mot; promettez-leur le pillage et l'impunité, ils retrouveront leur activité, et ils bouleverseront la ville.

Pour les éviter, vous vous jetez sur les trottoirs : la marchande de pommes, de citrons, d'amadou, de vieux chapeaux, le décrotteur, le crieur de guenilles vous barrent sans cesse le chemin.

J'arrive au palais des rois. En face la magnifique colonnade de Perrault est la mesquine église de Saint-Germain-l'Auxerrois. J'entre dans les cours : ici, l'herbe croît; là, sont des décombres. Je vais plus loin : des maisons abandonnées, des maisons qu'on vient d'abattre, des débris amoncelés annoncent un plan noble, immense, qui attestent à la fois et le génie qui fait concevoir, et l'impuissance qui empêche d'exécuter.

Je me fais conduire aux promenades publiques. J'y vois une multitude de femmes qui sont immobiles, et qui ne sont là que pour critiquer un sexe et inspirer des désirs à l'autre. Des hommes, pressés les uns contre les autres, viennent les passer en revue, et les fixent avec une effronterie qui fait croire qu'ils n'ont pas de mœurs ou qu'ils ne leur en supposent pas.

Ah! me dis-je, ce n'est ni dans les rues, ni dans les lieux publics qu'on peut connaître les habitants de cette ville; c'est dans l'intérieur des familles qu'il faut étudier l'esprit, les goûts, les habitudes des Parisiens.

Tout cela varie ici selon les différents quartiers. Tel qui passe pour un homme charmant à la Chaussée-d'Antin serait complètement ridicule au Marais, et l'habitant du Marais n'oserait paraître à la Chaussée-d'Antin. La marchande de la rue Saint-Denis ne ressemble en rien à la marchande du Palais-Royal; la dévote et la femme mondaine n'ont entre elles aucune espèce de rapport. Les habitués des spectacles du boulevard sont d'un autre siècle que les amateurs du *Misanthrope*, d'*Athalie* et de *Mérope*: le Palais-Royal seul est un monde à part. Je vais essayer de saisir les traits caractéristiques, et même les nuances qui séparent ces différents peuples.

Tout est léger, frivole et brillant à la Chaussée-d'Antin. On y est riche, peu occupé, et on n'y connaît qu'une passion, la manie d'éblouir. L'homme désœuvré s'ennuie souvent. De là vient la nécessité de s'étourdir sur le fardeau de la vie, et de faire une affaire importante de la moindre futilité. Le début d'une actrice, une pièce tombée, un bonnet d'un goût nouveau, sont des événements. On donne là de grands dîners, où on s'ennuie à périr, uniquement pour représenter. On n'a rien dit à table, et on redoute le moment où il faudra la quitter, parce qu'on sent qu'on n'aura pas plus à dire. S'il se trouve dans le cercle un homme de quelque mérite, si une dame a un talent quelconque, on se hâte de le mettre en scène; il faut monter une conversation n'importe comment. La maîtresse de la maison est obligée par état de parler de tout. Si elle est jolie, elle a le droit de déraisonner à l'heure; si elle est vieille ou laide, elle fait apporter des cartes. Les cartes sauvent son amour-propre blessé de l'espèce d'abandon où on la laisse. Avec des cartes elle gagne minuit, et on a passé chez elle une soirée *délicieuse*.

Pendant qu'elle s'est ennuyée, qu'on s'est ennuyé à d'autres tables, des conversations particulières et plus ou moins animées se sont engagées dans les petits coins du salon. C'est là qu'on forme une liaison, ou qu'on prépare une rupture; c'est là qu'une femme qui veut finir honnêtement avec un homme lui propose un excellent parti. Il ne s'informe pas si la demoiselle est jolie ou non, spirituelle ou stupide, aimable ou maussade, si elle a des qualités, des talents; sa dot est de *tant*, cela suffit, parce que dans ce pays-là le mariage n'est pas un lien, ce n'est pas même une union, c'est une affaire.

Aussi n'y élève-t-on pas les demoiselles pour en faire des mères de famille. Elles apportent une fortune, et elles doivent jouir des agréments de la vie. Cependant, comme il faut que le mari qui se soucie le moins de sa femme puisse l'avouer sans se rendre ridicule, ces demoiselles-là savent danser, chanter, pincer de la harpe, instrument très favorable au développement du bras, du pied et de la jambe. Elles affectent de ne chanter que de l'italien, qu'elles n'entendent pas; elles ont fait une étude approfondie de la gavotte, et elles la dansent avec l'expression touchante des filles de l'Opéra. Elles dédaignent les ouvrages utiles et brodent fort bien un bas de robe et de chemises; elles nouent avec grâce une bourse qu'elles donnent en minaudant à un homme *charmant*, qui la reçoit comme une faveur insigne, et qui court en faire hommage à sa maîtresse du jour.

Vous allez dîner au Marais le lendemain. Vous ne savez plus où vous en êtes. Les convives se présentent sans trop de façons, mais avec cordialité. Le dernier arrive à quatre heures bien juste, et à peine est-il entré que la soupe est sur la table. On ne traite là que les gens qu'on connaît bien: aussi on ne cherche pas au milieu de vingt étrangers une figure qui plaise; on est sûr d'être placé à côté d'un ami; si par hasard il n'est pas encore le vôtre, vous êtes admis dans la maison, et c'est pour lui la meilleure recommandation. Vous reconnaissez de suite le mari au ton affectueux qui règne entre lui et sa femme; vous reconnaissez la mère de famille à l'air décent et réservé de sa fille. Elle ne dit pas de niaiseries, elle ne rit pas aux éclats, sans savoir de quoi elle rit, elle répond avec bon sens et modestie à ce que vous lui dites. Elle danse assez mal, parce que danser n'est pour elle qu'un plaisir; elle chante sans goût, mais elle chante sans se faire prier. Un coup d'œil de sa mère l'arrête au milieu de son air: il est temps de servir le café et la liqueur, ces petits soins la regardent. Elle n'est étrangère à aucune partie de l'économie domestique. Elle ne sait que le français, mais elle le sait bien. Elle a lu de bons livres, et n'en parle jamais.

Les mœurs sont sévères dans ce quartier-là. Une demoiselle qui se marie quitte sa mère pour la première fois. On ne l'a confiée ni à une femme de chambre, ni à une de ces amies de salon qu'on connaît à peu près, ni à un homme, quel qu'il soit, son père excepté; jamais un mot équivoque n'a blessé son oreille, c'est une vierge qui se donne dans toute sa pureté. L'homme qui l'épouse se marie réellement; il est certain de n'éprouver jamais de regrets... autant qu'on peut être sûr de cela.

Je vais acheter rue Saint-Denis. Aucun luxe extérieur n'annonce les richesses dont la boutique est fournie. La marchande et sa fille sont mises avec simplicité; leur tablier annonce leur profession, dont elles ne rougissent pas. Elles sont affables et non causeuses. Elles ne jurent pas sur leur conscience, parce que leur probité est connue, et qu'elles en ont hérité de leurs pères.

Je vais de là au Palais Royal. Tout y est riche, jusqu'à l'enseigne. On semble tendre des pièges aux passants pour les forcer d'entrer. Des comptoirs en bois d'acajou, des tabourets couverts en velours, une arrière-boutique richement décorée, une marchande mise avec la plus grande élégance et qui vous étourdit de son babil, qu'elle croit annoncer l'usage du monde, les vitraux surchargés de marchandises, le fond de la boutique dégarni; voilà ce que remarque l'observateur. On n'a pas eu ce que vous demandez; on vous dit qu'on l'envoie prendre au magasin, on va le chercher dans la boutique voisine. On vous proteste, on vous jure sur l'honneur qu'on ne peut rien rabattre du prix demandé, avec un ton d'assurance, un air aisé, qui indiquent l'habitude des grandes affaires, et au moment où vous êtes attrapé, un huissier vient saisir ce qu'il y a dans la boutique, tout, excepté la marchande, qui n'est bonne à rien.

Le Palais-Royal est le rendez-vous des habitants de tous les quartiers, et de ces cosmopolites dont Paris abonde. L'oisif, l'intrigant, l'escroc, l'honnête homme, le filou, se coudoient, se heurtent, se saluent, s'injurient. Les femmes décentes ne passent là que par curiosité, et malheur à elles si elles sont incertaines de la route qu'elles doivent suivre, si elles ralentissent leur marche : on les accoste, on leur parle avec effronterie ; elles fuient, et l'insolent rit de ce qu'il appelle de la pruderie.

On trouve là tous les moyens imaginables de se ruiner. Ce qui peut flatter le goût, les passions, et même l'esprit, y est étalé avec profusion. Bijoutiers, tailleurs, selliers, libraires, restaurateurs, limonadiers, et jusqu'au monstre appelé la Vénus Hottentote, semblent se disputer et s'arracher les passants. Enfin, des maisons de jeu sont là pour vider la bourse de celui qui s'est refusé une boîte d'or, qui a résisté au sourire à demi libertin de la marchande de modes, au fumet qui s'échappe des cuisines souterraines du restaurateur. C'est dans ces maisons qu'on va perdre l'argent qu'on a, et celui qu'on a volé à son père ou qu'on a reçu en dépôt. C'est en sortant de ces maisons que la dupe à qui il reste quelque sentiment d'honneur va se brûler la cervelle, ou se précipiter du haut des ponts.

Dès que la nuit commence à déployer ses voiles, la scène change, et ce lieu pour l'homme sensé de-

vient une véritable caverne. Les vices, comprimés par la clarté du jour, se montrent dans toute leur difformité. Le champagne agit sur les uns, les liqueurs fortes sur les autres. Les propos dissolus frappent l'oreille à chaque pas. Des groupes de filles, jolies, très jolies, presque nues, attaquent à la fois vos sens et votre santé. Vous céderiez à l'appât, si le langage le plus abject n'annonçait l'origine la plus vile et la plus profonde dépravation. Pour vous séduire plus sûrement, elles s'arrêtent devant les boutiques les mieux éclairées; la jeune marchande, sa fille innocente encore, ont sous les yeux les tableaux les plus licencieux, et l'habitude de ce spectacle doit amener insensiblement au mépris des mœurs.

La femme qui se respecte se garde bien de traverser ce cloaque, lorsque les réverbères sont allumés; elle se croirait perdue de réputation, si on l'y rencontrait avec sa fille. Il en est cependant qui sont accidentellement forcées d'y passer; mais elles courent, les yeux baissés, honteuses de se trouver là.

Sans doute, il y a un grand nombre d'exceptions à faire aux tableaux que je viens de tracer; il n'est pas une rue de Paris où on ne trouve des mœurs, de la probité, de la vertu, et même de la vertu aimable; mais j'ai généralisé mes idées, j'ai peint des masses, et je crois ne pas m'être éloigné de la vérité.

Il me reste à parler de la dévote du jour et de la femme mondaine; les différentes classes de spectateurs qui fréquentent tel ou tel théâtre, de l'influence de l'habitude sur leurs goûts, du bien et du mal qui résultent pour eux de la fréquentation des spectacles.

Il y a trente ans, une femme jeune, jolie, opulente, considérée par l'importance qu'avait son mari dans l'État, était entourée de toutes les illusions. Nouvelle Psyché, les plaisirs volaient au-devant d'elle; ils se paraient pour lui plaire des prestiges de la variété; son hôtel était peuplé de courtisans soumis; le goût dirigeait les fêtes qu'ils offraient à leur divinité. Ivre de sa beauté, qu'on célébrait sans cesse, des hommages qu'on lui prodiguait, était-il difficile à l'amour adroit de lui faire entendre son langage? et quel séducteur plus dangereux que l'homme aimable qui aime passionnément, et qui sait que toujours parler à une femme d'elle est le plus sûr moyen de se faire écouter?

Cependant cette femme si admirée, si vantée, qui donnait le ton partout, dont les décisions étaient adoptées avec empressement, qui était applaudie, même avant d'avoir parlé, cette femme perdait tous les jours quelque chose des agréments de la jeunesse, et le nombre de ses adorateurs diminuait insensiblement. Vive, légère, folâtre, étourdie, un peu caustique même, elle n'avait pu avoir que des amants. L'amitié lui était inconnue, et elle n'avait rien de ce qui peut l'inspirer.

L'amour se cache encor sous les rides naissantes,

a dit Gentil Bernard. Mais les hommes qui préférent les fruits de l'été aux fleurs du printemps ne plaisaient pas à la dame. Cependant il fallait remplir un cœur qui avait toujours été agité, occupé, et pour qui le vide était un état insupportable. On se dépouillait de ses diamants, on renonçait au rouge, on adoptait les couleurs sombres; on couvrait d'un triple fichu des charmes dont on regrettait la puissance évanouie. On prenait un maintien réservé, un langage modeste; on se liait avec un prélat, si on n'avait que trente-six ans, avec un chanoine quand on passait la quarantaine. On paraissait à l'église escortée de deux laquais, dont l'un portait le livre doré sur tranche et relié en maroquin, aux armoiries de madame, dans un sac de velours cramoisi, à cordons, à glands, à crépines d'or. Le second domestique portait un coussin, plus riche encore, sur lequel madame voulait bien s'agenouiller devant l'Être des êtres. Le suisse de la paroisse qui recevait des étrennes, était toujours là à propos. Il faisait ouvrir les rangs d'autorité, et madame traversait pompeusement la nef, garnie de bonnes gens qui venaient adorer un Dieu pauvre comme eux. Madame enfin s'était faite dévote pour être quelque chose.

Aujourd'hui la dévote est une femme de bonne foi, qui va prier parce que son cœur est persuadé. Elle prend la première chaise qui se présente. Cachée sous un chapeau très simple, elle n'observe personne; elle n'attire pas un regard. Si vous parlez religion devant elle, elle se tait, parce qu'elle ne sait que croire. Elle remplit les devoirs qu'elle s'est imposés, sans publicité, sans ostentation.

Les affections douces qui remplissent son cœur se répandent sur ce qui l'environne. Bonne épouse, meilleure mère, excellente amie, elle est chérie autant qu'elle aime. On désirerait seulement qu'elle passât moins de temps à l'église; mais elle est si affable au retour, que le reproche expire sur les lèvres.

Elle élève sa fille, non dans ses principes, elle n'en a pas, mais dans sa croyance. La jeune personne aime sa mère, et elle se soumet, pour elle, à des privations, à un genre de vie qui lui paraissent pénibles, et peut-être un peu ridicules. L'amour se fait entendre enfin. Les pratiques religieuses deviennent excessivement fatigantes; la nature parle plus haut que les tables de Moïse. Le papa approuve l'inclination de sa fille; elle échappe à sa mère, qui se console en pensant que les plaisirs frivoles du monde ne rempliront pas son cœur, et que tôt ou tard ses yeux se tourneront vers l'éternité... Ainsi soit-il.

La femme mondaine ne paraît à l'église que pour satisfaire sa curiosité, ou quelquefois une sensation plus vive. Un *Te Deum*, un mariage, un prédicateur à la mode, peuvent l'attirer. Elle entre, parée de tout ce que l'art a pu ajouter à la nature. Elle traverse le temple d'un air de triomphe; il lui semble qu'on n'y doit plus reconnaître d'autre divinité qu'elle. Ses beaux yeux errent de tous les côtés, et cherchent partout des cœurs à soumettre. L'amant du jour paraît, on le salue d'un air gracieux; mais on veut voir si on ne découvrira pas l'amant du lendemain. On est complètement étrangère à ce qui se fait à l'autel, à ce qui se dit dans la chaire. On sort, parce que tout le monde se retire; on a fortement scandalisé la bonne dévote, mais elle a prié pour la femme mondaine, après avoir réprimé quelques petits mouvements de colère, et avoir répété plusieurs fois : *Il y en a beaucoup d'appelés, mais peu d'élus.*

MÉMOIRES D'UN HOMME MAIGRE

I

Je n'avais que sept mois lorsque je fus lancé dans ce monde de misère. Ma mère mourut. Mon père fut si chagriné qu'il n'eut d'yeux que pour pleurer sa femme. Du reste le médecin, son vieil ami, lui avait assuré que je ne vivrais pas, et mon père, s'attendant à me voir passer d'un moment à l'autre, avait pris bravement son parti et ne s'inquiétait pas autrement de moi.

Certes, si ma mère eût vécu, elle se fût attachée à son enfant en raison des inquiétudes qu'il lui eût données. C'est de l'histoire naturelle : en ces matières les femmes ont une énergie, une persévérance que n'ont pas les hommes. — Mon père donc fut d'autant moins opiniâtre qu'il avait déjà une fille.

On me jeta à la campagne, au loin. Le bon lait de ma nourrice et l'air pur firent plus pour moi que n'aurait pu faire une sollicitude exagérée et taquine. Quand on me reprit, j'étais encore vivant, quoique bien faible. Le médecin ne voulut pas me reconnaître. — Ce n'est pas lui, disait-il, il doit être mort, car il n'était pas né viable. Au surplus, il n'en vaut guère mieux, et d'un moment à l'autre... » Ce savant était de bonne foi, mais tenait à ses opinions ; — il n'est pas impossible d'arriver à concilier ces deux choses. — Mon père m'aimait, mais il aimait son médecin et encore plus sa fortune ; — il n'est pas impossible de concilier ces trois amours-là.

Aussi se contenta-t-il d'une affection platonique à mon égard. Pendant que ma sœur, mon aînée de dix ans, venait à merveille, et était choyée, surveillée, bien élevée, moi je végétais librement, m'effilant comme les champignons de muraille. On m'avait mis à l'école des Frères, dans la persuasion que c'était suffisant pour un garçon qui, hélas ! n'était pas destiné à profiter des bienfaits de l'instruction. « Pauvre enfant ! à quoi bon les sacrifices ? » Et une larme sèche se montrait timidement à la paupière de l'auteur de mes jours. Quand il avait ainsi payé sa dette à la nature, il retournait courageusement à ses affaires et s'y absorbait tout entier. Il ne s'occupait guère de moi qu'aux heures des repas. Son affection se réveillait ; il me pesait mes bouchées de crainte d'indigestion, et me laissait mourir de faim pour me conserver à la vie. Malgré tout, je vivais, et le vieux docteur n'en continuait pas moins à dire en branlant la tête : Il ne vivra pas.

« Comment, il ne vivra pas ! répétaient souvent quelques médecins de l'opposition. Il vivrait parfaitement si on y tenait. Nous l'avons examiné, palpé, ausculté. Les organes sont en bon état ; c'est le sang qui est pauvre. Envoyez-moi ce gaillard aux bains de mer pendant trois ou quatre saisons, et vous verrez. » Mon père levait les yeux au ciel, laissait tomber ses bras, répondait : « A quoi bon ? » et attendait.

II

Moi, je ne trouvais pas mauvais de le laisser attendre. Je fis, il est vrai, une longue maladie, mais je n'en mourus pas, malgré les pronostics du médecin. Cette crise eût pu modifier ma constitution ; il n'en fut rien. La nature, me voyant si chétif, avait fait comme mon père : m'abandonnant à la grâce de Dieu, elle ne s'était pas donné la peine de me gratifier d'un sourire. D'enfant je devins adolescent ; je m'allongeai un peu plus, et je conservai ma pâleur cadavéreuse.

Quelque temps après ma sœur s'établit.

C'était une magnifique femme, mais le temps marchait. Mon père se décida à se séparer d'elle, pour avoir des petits-enfants, car il ne comptait pas sur moi. Pour se faire valoir il crut bon de doter richement sa fille. J'avais autant de droits que ma sœur, mais j'existais si peu que ce n'était pas la peine d'en parler. Il fit en faveur de ce ma-

6

riage tout ce que la loi lui permettait de faire à mes dépens. « La part de mon fils, se disait-il, leur reviendra bien certainement; autant vaut que ce soit tout de suite. »

J'avoue que je fus un peu mortifié de ce calcul.

J'étais certainement convaincu que je ne *ferais pas de vieux os*, comme on disait, mais, en attendant, je n'aurais pas été fâché de vivre un tantinet. Sous ma chétive apparence, il y avait un cœur ardent et les passions de la jeunesse. Or, comment satisfaire cette soif ardente des plaisirs? pas de crédit! — je n'aurais pas trouvé à emprunter un sou sur ma mine, — pas d'argent, pas d'amis! Il fallait donc me résoudre à vivre chichement, congrûment avec mon père, qui continuait à veiller sur moi aux heures des repas. Ce n'était pas amusant, je vous assure! car après s'être séparé de sa fille, il était devenu encore plus triste, et, n'espérant guère en son fils qui pouvait lui être enlevé d'un moment à l'autre, il avait, pour tuer son chagrin, accepté une jeune bonne et des fonctions honorifiques. Je trompais mon ennui en faisant des élégies et des billets doux qui réussissent médiocrement auprès des jeunes filles. Mon aspect d'amoureux transi leur inspirait de la défiance, et je serais mort en odeur de roses blanches si quelques vieilles femmes compatissantes ne m'avaient pris en affection. Elles ont l'œil exercé et savent mieux que les jeunes tirer parti de toutes choses. « Bah, bah! disaient-elles souvent lorsqu'on s'apitoyait sur mon sort, il y a chez ce jeune homme plus de bon qu'on ne croit. »

III

Hélas! je ne fus pas longtemps heureux de ces amours quinquagénaires. Le dégoût arriva bien vite, il fallut autre chose à mon cœur et à mes sens, je devins réellement amoureux. Instinctivement mon choix s'était porté sur une petite fille assez laide, pâle et osseuse comme moi, pauvre comme moi, presque aussi timide que moi. Je pensais qu'elle ne se ferait pas valoir et qu'elle ne me tournerait pas en ridicule; en effet son cœur battit à l'unisson du mien. Mais quand je la fis demander en mariage, les parents répondirent péremptoirement que je n'avais pas de santé. Dans un rendez-vous auquel ils négligèrent ou peut-être dédaignèrent de s'opposer, Louise me raconta dans tous ses détails — je parle ici des détails honnêtes — ce qui s'était passé au conseil de famille, où elle assistait — derrière la porte. — Je crus remarquer qu'il y avait plus que de la douleur dans son récit. Il y avait aussi de l'amertume, de la pitié, peut-être même un peu de persiflage. Je voyais que dans cette fatale séance la jeune fille avait appris

toute l'étendue des droits et toute l'importance de la position d'épouse. Les nuages du platonisme s'étaient dissipés pour faire place aux horizons bien distincts de la réalité. Elle déplorait assurément la barbarie de ses parents; mais il n'était pas bien clair pour moi qu'elle ne fût pas un peu de leur avis. Elle baissait pudiquement les yeux, et son trouble était de bon aloi; mais ses hésitations, ses précautions oratoires me semblaient injurieuses. Ivre de dépit et d'amour, je me révoltai... et je me réhabilitai.

J'aimai cependant Louise d'un amour sérieux et honnête. J'eus bien quelques remords, mais ils s'évanouirent bien vite devant l'espérance. J'étais tout joyeux de penser que Louise prendrait ma défense et qu'elle viendrait facilement à bout de la résistance de ses parents. Niais!... Leur méfiance était tenace. Quand on fait tant que de se débarrasser d'une fille, ce n'est pas pour la reprendre veuve quelques mois après son mariage. Il est à croire que Louise, en fille obéissante et en femme d'esprit, avait les mêmes craintes que sa famille, puisqu'elle alla passer la belle saison à la campagne, auprès d'une de ses tantes. Il me fut impossible de savoir l'endroit qu'elle habitait. Quand elle revint, elle était mariée.

IV

Ce fut mon père qui m'apprit cette nouvelle.

« Mariée! m'écriai-je.

— Oui, dit-il; un riche mariage. Ce qu'il y a de plus curieux, c'est qu'elle est aujourd'hui fraîche et bien portante. Tu ne la reconnaîtrais pas. Vois-tu, rien de tel que l'air de la campagne. Tu ferais bien, ajouta-t-il, voyant que sa gouvernante nous écoutait, oui, tu ferais bien d'en essayer... Mais, qu'est-ce que tu as donc?

— Non! mon père, m'écriai-je en suffoquant, non, je n'essayerai pas, je resterai ici. Au moins ma présence sera-t-elle un remords continuel pour ceux qui me font souffrir. »

Mon père ne prit pas cela pour lui; il se croyait parfaitement en règle avec sa conscience. « Là, là, me dit-il avec bonté, ne t'échauffe pas; tu sais que tu es fragile. Tu l'aimais, soit; mais le mal est fait, prends-en ton parti. Travaille, mon ami; ce n'est que dans le travail que l'on peut enterrer sûrement ses chagrins. Il y a actuellement une petite place de commis vacante à la Recette générale. Les services que j'ai rendus à mon pays m'ont donné quelque influence, et je me charge de te faire obtenir la chose. »

J'acceptai l'offre de mon père, qui, je dois le dire à sa louange, se mit immédiatement en campagne.

«Enfin! me dit-il en revenant, nous l'emportons,

mais ce n'est pas sans peine. Ce satané receveur général avait son homme ; il m'a fait des *seulement* et des *mais* à n'en plus finir. Cependant j'ai si chaudement fait valoir mes services qu'il a fini par se décider.

— Et de moi ?

De toi il n'en a pas été question... Ah ! le receveur m'a demandé pourtant si ta santé s'était un peu améliorée. Tu n'es certainement pas bien malade et tu peux aller très loin, mais j'ai rendu hommage à la vérité en répondant que tu étais toujours le même. Alors le receveur a dit : Eh bien, soit, qu'il vienne ! Puis il a marmotté quelque chose entre ses dents, j'ai cru comprendre « L'autre attendra, » mais je ne sais ce qu'il a voulu dire... Maintenant, mon ami, que te voilà casé, et que tu gagnes 1,200 fr. par an, je crois que tu ferais bien de vivre chez toi (la gouvernante était là qui nous écoutait et faisait les gros yeux à mon père). Tu peux t'apercevoir que mon caractère s'aigrit de jour en jour, et je ne veux pas que tu aies à souffrir de mon humeur. Si tu n'as pas le temps, je te chercherai un logement et une pension. »

V

Me voilà donc installé à la Recette générale. Jamais forçat libéré n'a inspiré à la police un intérêt plus vif que celui que me portaient mes anciens compétiteurs ; jamais homme n'a été soumis à une surveillance pareille. Au moindre rhume de cerveau, on me questionnait piteusement sur l'état de ma poitrine, et les pétitions pleuvaient chez le receveur. Puis, par la ville, on me disait : « Vous ne savez pas ? Il y a un tel et un tel et encore un tel qui demandent votre place. » J'avais fini par rire de tout cela, et, plus l'on pétitionnait, plus je toussais. J'étais devenu aussi fort que Sixte-Quint. Mais il y a des comédiens heureux ; il y en a d'autres qui ne feront que des comparses, car ils manquent d'aplomb. J'étais ainsi. Dans ma petite vanité impuissante, je croyais me moquer des hommes, et je ne voyais pas que les hommes se moquaient de moi. Le receveur général, ennuyé de toutes les sollicitations dont il était assailli, et voyant que je ne voulais pas me décider à mourir tout à fait, me faisait payer cher mon obstination. On me bourrait de réprimandes, on me surchargeait de travail, on essayait par tous les moyens de me dégoûter du métier.

VI

Vint la révolution de 1830. Mon père avait du flair comme tout bon égoïste. Il se fit franchement le champion des idées libérales, et devint en quelques jours un partisan effréné de la *meilleure des*

républiques. A cette époque, le préfet lui dit : « Tenez ! vous êtes dévoué au gouvernement et vous avez rendu des services ; je puis reconnaître tout cela. Votre fils postule un emploi depuis longtemps ; vous, vous désirez la croix de la Légion d'honneur. Mais, vous comprenez, il y a tant de gens à satisfaire que je ne puis vous faire obtenir qu'une seule de ces deux choses : la place ou la croix. Réfléchissez !

— C'est tout réfléchi, répondit mon père. Les services que j'ai rendus ne sont pas de ceux qui se payent avec de l'argent. D'ailleurs, vous connaissez mon fils. Pauvre garçon ! aurait-il le temps de profiter de la nouvelle position que le gouvernement lui ferait ?

— C'est donc la croix que vous voulez, fit le préfet ; va pour la croix ! »

Et mon père fut décoré.

VII

Cependant ma sœur s'amusait à donner des petits-enfants à mon père. Il fallait de l'argent pour élever tout cela. Les revenus de ma sœur et de mon beau-frère étaient bien suffisants, mais ils ne pouvaient se décider à rien retrancher de leur train de maison. — Il est assez douloureux, lorsqu'on a tenu un certain rang dans une ville, d'être obligé d'en rabattre pour élever sa famille — Mon père se sacrifia à la gloire du ménage. Ses immeubles avaient acquis une certaine valeur ; il les hypothéqua pour emprunter de l'argent qu'il fit passer à son gendre, puis lui céda tout naturellement lesdits immeubles moyennant une grosse rente viagère. Voilà comment je fus débarrassé des soucis de la fortune.

Ce ne fut pas la spoliation en elle-même qui me fit le plus de peine ; ce furent certaines considérations dont on prit soin de l'accompagner. « Ah ! disait mon père à ses amis, ce petit arrangement de famille était inévitable : j'étais ruiné. Mais, d'un autre côté, il est peut-être heureux que mon fils reste pauvre. S'il avait quelques milliers de francs à sa disposition, il serait perdu ! Le plaisir aurait bien vite raison de sa frêle constitution, il ne vivrait pas quinze jours. Tout est donc pour le mieux. »

Dégoûté des hommes, rebuté des femmes, las des mille misères qu'on me faisait endurer à la Recette générale, sans argent, sans amis, sans protecteurs, je tournai mes regards vers Paris, et je partis.

VIII

Malheureusement j'emportais avec moi ma mauvaise mine. A Paris, ce fut absolument comme dans mon pays, toutes les portes me furent fermées. Chefs d'administration, gros négociants, maîtres d'hôtel ou de café n'avaient qu'à me voir pour me refuser brutalement du travail. — On ne tient guère à s'embarrasser d'employés maladifs. — A bout de ressources, j'étais décidé à en finir, lorsque le hasard me fit faire la connaissance d'un gros homme, bon vivant, qui me prit en amitié, et, n'ayant pas d'enfants, voulut me faire un sort.

« Il y a ici, me dit-il un jour, une Compagnie anglaise d'assurances sur la vie, et, ma foi, j'ai bien envie de vous faire assurer. Je ne suis pas riche, mais je puis vous garantir, pour le reste de vos jours, de quoi vivre honorablement, à condition que, à votre mort, la prime donnée par la Compagnie me reviendra tout entière. Cela vous ira-il?

— Certainement, lui répondis-je; mais prenez garde! Je suis plus robuste que je ne le parais, et vous pourriez fort bien faire un mauvais marché.

— Ah ça! fit-il, pour qui donc me prenez-vous? Croyez-vous que je voudrais tromper la Compagnie en lui présentant un homme que je saurais n'être pas bien portant? Merci! je ne mange pas de ce pain-là. D'ailleurs cela ne va pas aussi facilement que vous pensez. Il faut au préalable être examiné par le médecin de la Compagnie, qui déclare s'il y a lieu ou non de passer le contrat d'assurance. Demain nous irons trouver ce cher docteur. En attendant, restez chez vous et tenez vous chaudement. »

Le docteur certifia que j'étais viable, et le contrat fut passé.

IX

A partir de ce jour, mon protecteur me fit mener une existence diamantée de truffes, parfumée de vins capiteux et couronnée de myrtes. On eût dit qu'il avait compris ce qui manquait à ma constitution. La débauche me réussit à merveille. J'étais plongé dans l'orgie comme dans mon élément. Gaieté, folle ivresse, nuit sans sommeil, excitations des sens étaient comme des remèdes aux longues privations que j'avais endurées. Mon teint s'éclaircit, mes yeux s'allumèrent, mes joues se garnirent, je pris du ventre. J'étais tellement heureux que j'avais l'âme bonne, et que sans m'inquiéter de la portée de mes paroles, je ne cessais de manifester ma reconnaissance à mon généreux bienfaiteur.

Cette existence dura plus d'un an. Une nuit que nous étions ivres, et que je renouvelais à mon assureur mes protestations de gratitude, il lui vint à l'esprit que je voulais le narguer, et se fâcha tout bleu, — car il était déjà rouge. Il me reprocha en termes fort durs de l'avoir trompé, me dit qu'il

se ruinait pour moi, et me signifia qu'il allait cesser de payer la prime. Il n'exécuta que trop bien sa menace. Ce *Petit-Manteau-Bleu* des poitrinaires sans ressources avait fait avec la Compagnie trop d'assurances semblables à la mienne. La Compagnie, lasse de payer des primes, eut des soupçons. Elle examina de près la situation, et crut découvrir que la plupart des gens assurés étaient parfaitement moribonds au moment du certificat de *bonne vie* délivré par le docteur. De là un procès qui se dénoua en police correctionnelle. Seulement les juges admirent des circonstances atténuantes, qui furent bien accueillies du public, car la Compagnie était anglaise. C'est au reste la seule fois que ma mauvaise mine m'ait servi à quelque chose.

X

Je ne perdis pas de temps. Instruit par l'expérience, et avant que la misère eût achevé de dévorer ma petite provision de graisse, je cherchai activement du travail, et je fus assez heureux pour trouver un emploi d'expéditionnaire dans une forte maison de banque. Maintenant plus de truffes, plus de champagne, plus de femmes ! je suis redevenu — n'allais-je pas dire *Gros-Jean-Jean* comme devant ? La santé semble s'en être allée avec les plaisirs. On me regarde d'un mauvais œil dans les bureaux, on demande ma survivance, et l'on croit prématuré de me donner ma retraite. D'un autre côté, j'ai de la peine à me loger, je n'ai pas de crédit chez les fournisseurs et les femmes se moquent de moi. Si encore la Mort voulait me prendre ! Mais elle fait la délicate : je suis trop maigre.

XI

Dernièrement, devant un étalage de bouquiniste, j'ai mis la main sur un vieux Plutarque, et j'y ai lu ce qui suit, à la *Vie de Lycurgue* :

« Au demeurant, depuis que l'enfant estoit né, le père n'en estoit plus le maître...Ains le portoit lui-même en un certain lieu à ce député, qui s'appeloit *Lesche*, là où les plus anciens de sa lignée étant assis, visitoient l'enfant et... s'il leur sembloit laid, contrefait ou flouet, ils l'envoyoient jetter dans une fondrière, qu'on appeloit vulgairement les Apothètes, comme qui diroit les Dépositoires, ayant opinion qu'il n'estoit expédient, ni pour l'enfant, ni pour la chose publique, qu'il vesquit, attendu que dès sa naissance il ne se trouvoit pas bien composé pour être sain, fort et raide toute sa vie. »

Ce passage m'a fait rêver.

Aujourd'hui, me suis-je dit, on séquestre les idiots, on met les filles en religion, on inculque la vocation aux enfants qu'on veut faire prêtres ou militaires, et l'on s'arrange avec la loi pour dépouiller ceux qui ne doivent pas faire honneur à leur famille.

Et je me suis consolé en pensant au grand nombre d'innocents qu'on a dû exécuter à Lacédémone.

MADEMOISELLE HORTENSE

I

Voici comment je me brouillai avec Rodolphe Bournot, un de mes vieux amis.

Je m'habillais, un matin, en rêvant, comme il arrive, à ces mille choses extravagantes et décousues qui semblent n'être que la queue de nos songes, lorsque Rodolphe fit irruption dans ma chambre, tout pimpant, tout rayonnant, mais aussi tout essoufflé de la fatigue d'avoir gravi trois étages et de l'impatience de m'annoncer une bonne nouvelle.

« Ah ! dit-il d'une voix entrecoupée, tu ne sais pas ?.... Je n'en puis plus !... Tu ne t'imaginerais jamais ce qui m'arrive !... Trois étages !... Je suis amoureux !... Ouf ! »

Je le regardai tristement. Rodolphe Bournot avait atteint la cinquantaine ; il possédait de beaux immeubles, une femme laide, — le tout d'un bon rapport, — et des enfants annonçant les meilleures dispositions à la mise en circulation de ses épargnes. C'était un bon bourgeois rangé, passant toutes ses journées, même une partie de ses nuits à notre *Cercle des Perruques*, occupé à parler cuisine, à voir lire les journaux et à entendre jouer au whist. Depuis quelque temps, en effet, il n'avait pas paru au milieu de nous et tout le monde l'accusait de se débaucher dans sa famille. La transformation que Rodolphe Bournot venait de m'annoncer était si extraordinaire que j'eus un instant l'idée qu'il était devenu fou.

« Oui, appuya-t-il, je suis amoureux, et, qui plus est, je suis aimé.

— Pardon, répondis-je, renversons la proposition : tu es aimé, et, qui plus est, tu es amoureux. A notre âge, mon pauvre ami, on n'est guère ingambe, et l'on ne hasarde pas ainsi sa peine.

— Prends-le comme tu voudras, mais j'aime et je suis aimé ; est-ce clair ? »

Je flairais une mystification ; or, comme je suis très indiscret, je ne fis par la moindre question à mon ami, bien sûr que le silence était le meilleur moyen de le faire parler. En effet, au bout de quelques secondes :

« Figure-toi, mon cher... non, cela ne peut se figurer... J'aime mieux te dire tout bonnement... non, cela ne peut se dire... Enfin, elle est charmante !

— Parbleu !

— Et elle n'a guère plus de vingt-cinq ans.

— C'est un bel âge pour aimer.

— Aussi comme elle m'aime !

— Fort bien !... Et ta femme ?

— Oh ! oh ! doucement, nous n'en sommes pas encore là.

— Fat !

— Te voilà bien toujours, toi ! tu doutes de tout. Qu'y a-t-il donc d'étonnant à ce que je sois aimé ? La chose s'est faite tout naturellement. J'ai été assez heureux pour rendre quelques services à cette famille, et ensuite j'ai continué mes visites en qualité d'ami. J'éprouvais du plaisir à savourer la reconnaissance de ces braves gens ; puis j'en suis arrivé à m'habituer à les voir, et j'ai fini par ne plus pouvoir me passer d'eux. Nos positions ne sont pas égales, mais tu sais que je n'ai pas de préjugés. Enfin, tout cela n'est que l'accessoire ; le principal est que, sans m'en douter, j'ai allumé une passion violente dans le cœur de la jeune fille. Alors j'ai découvert que, sans m'en douter également, je l'aimais de toute mon âme. Je me suis hasardé à lui parler de mon amour, elle m'a serré la main, et, si l'entretien n'avait pas été interrompu par la mère...

— Ah ! il y a une mère ?

— Oui, une excellente femme, de beaucoup d'ordre et de bon sens, mais pas méchante au fond. Si tu savais quel amour pour cette fille unique !

— Et elle vous laisse ensemble ?

— Bah ! un vieux comme moi, un ami !

— Dis-moi, as-tu vu beaucoup d'ennemis reçus

dans les familles? On est toujours ami quand on y entre. Et cependant il y a des filles séduites, et beaucoup. Enfin, que comptes-tu faire?

— Ah ça! té moques-tu de moi?

— Nullement, mais ta femme?... mais cet e pauvre fille?...

— Adieu! porte-toi bien. »

II

A quelques jours de là Rodolphe vint me chercher au Cercle et me prit à l'écart. Il n'avait plus son vieux paletot marron et sa cravate noire. Il était à la mode, le bon Dieu me pardonne! Le bleu et le rose dominaient dans son costume. A peine si ses rides paraissaient sur son visage, et singulier effet des passions, ses cheveux gris étaient devenus noirs.

« Je suis heureux! s'écria-t-il *tout bas*.

— Malheureux! m'écriai-je non moins bas.

— J'ai obtenu un baiser!

— Déjà?

— Et elle m'a dit : Ah! si vous étiez garçon!

— Pas possible!

— Malheureusement, le père est revenu du travail, et il a fallu parler de choses indifférentes. Mais je vais écrire une lettre insensée et lui demander un rendez-vous. Il ne me sera pas difficile de lui glisser un billet.

— Fais ce que tu voudras, je m'en lave les mains. »

Je ne suis pas un Caton, et pourtant cette histoire me causait une certaine répugnance. Mais, comme il eût été complètement inutile d'essayer de ramener Rodolphe, je l'abandonnai à son malheureux sort. Aussi, quand il revint me parler de ses amours et montrer une lettre qu'*elle* lui avait écrite.

« Que veux-tu que je lise? lui répondis-je de mauvaise humeur. Des phrases de roman mal cousues, de la passion à froid, de l'ennui de la conscience? et la pauvre mère, et le déshonneur, plutôt là mort! etc. Je connais tout cela.

— Sans doute, fit-il avec un peu d'embarras; je n'ai pas la prétention d'aimer une femme savante, moi. Les pauvres filles? elles prennent leur bien où elles le trouvent. Mais il y a un mot que tu as oublié dans ta spirituelle énumération : Hortense me parle principalement de son avenir qu'elle ne consentira jamais à compromettre se donnant à moi.

— Diable! Quelle macédoine que ce cœur! Pêche en eau trouble, mon vieux et bonne chance!

— Sceptique! »

Cependant, malgré mon scepticisme, Rodolphe me communiquait de temps en temps, par amour-propre, les lettres qu'il recevait d'Hortense. Mais

tout était vague dans ces lettres écrites au crayon. Pas une particularité qui pût compromettre la demoiselle, pas de signature surtout ; et ce ne fut que par Rodolphe que j'appris qu'elle trônait au comptoir d'un magasin de nouveautés. Voulant connaître, au moins de vue, l'héroïne d'une telle passion, j'allai faire quelques emplettes dans ce magasin.

Je vis une femme approchant de la trentaine, figure longue, maigre et pâle, percée d'une grande bouche à tout manger et de deux grands trous dans lesquels des yeux fauves roulaient derrière de longs cils, comme des hyènes dans leur cage. Il y avait je ne sais quel magnétisme dans ces yeux-là et dans leur mouvement perpétuel. Je m'expliquai donc jusqu'à un certain point la passion de mon vieil ami.

Suivant mon habitude, je payai et serrai sans la regarder la facture que me remit la demoiselle.

III

Au détour de la rue, je rencontrai Rodolphe. Il me parla longuement de toute espèce de choses.

« Et tes amours? lui demandai-je.

— Eh bien, mes amours en sont toujours au même point... Je ne puis cependant pas tuer ma femme pour épouser Hortense... Tu ne me connaîtrais pas, par hasard, quelque brave garçon qui voulût s'établir, un commis, un employé à 1,200 fr. par exemple?

— Pourquoi faire?

— Pour le marier, parbleu!

— Je ne comprends pas.

— Mon Dieu! c'est assez délicat, mais si l'on devait s'étonner de toutes les bizarreries qui passent par la tête des jeunes filles, on n'en finirait jamais. Il y a certainement du bon dans ces bizarreries, mais il y a aussi quelquefois des combinaisons qui pourraient nous sembler... comment dirai-je?... peu régulières, n'était l'éternelle excuse de la passion... Enfin, hier, nous étions seuls. Elle se défendait comme un dragon, et pourtant elle jurait de m'aimer toujours. « Non! disait-elle, non, je ne serai jamais votre maîtresse ; je ne veux pas être montrée au doigt. »

— Eh bien! que vois-tu là de peu régulier?

— Attends! Comme mes sollicitations devenaient de plus en plus pressantes...

— La mère est entrée?

— Non.

— Alors c'est le père?

— Tu n'y es pas. Comme mes sollicitations devenaient de plus en plus pressantes, elle s'est écriée : « Non, non, je ne veux pas me déshonorer, je ne veux pas perdre mon avenir! »

— Toujours son avenir. Au moins elle est prudente, c'est quelque chose.

— Ah! si j'étais mariée! a-t-elle ajouté. Et alors elle m'a déroulé un tel horizon, que j'en suis encore tout troublé rien que d'y songer.

— Mais c'est monstrueux!

— Possible! mais je la marierai, car elle m'a juré qu'elle n'aimerait jamais son mari... Tu ne me connaîtrais pas quelque brave garçon?

— Tiens! laisse-moi tranquille avec ta péronnelle! m'écriai-je en m'éloignant brusquement; vous êtes deux misérables, et toi, de plus, es un sot. »

IV

Deux mois environ après cette scène, j'appris le mariage de Mlle Hortense avec M. X...

Pour le coup, je fus réellement révolté. Tous mes bons sentiments se remuèrent dans mon cœur, et je roulai dans ma tête mille projets extravagants. Je voulais prévenir, tantôt le mari, tantôt la femme de Rodolphe, mais je reculai devant une trahison, et je ne fis rien, me donnant pour prétexte que la force des choses fait toujours plus que la volonté des hommes. — Il y a toujours moyen de s'arranger avec sa conscience. — A la garde de Dieu! m'écriai-je, et je sortis pour me rafraîchir le sang.

Un de ces vagues instincts que nous nommons trop souvent le hasard dirigea mes pas vers la demeure du nouveau couple. J'en vis sortir Rodolphe. J'essayai de l'éviter, mais il vint à moi, et me tendant la main:

« Pardonne-moi, mon ami, me dit-il; tu avais raison : le scepticisme, c'est la sagesse.

— Allons! lui répondis-je brusquement, pas d'hypocrisie! Crois-tu que je ne t'aie pas vu sortir de la maison, et que je ne sache pas que le mari est à son bureau?

— Hélas! fit-il; comme les meilleures intentions sont calomniées! Ce qui m'amenait là, ce n'était pas l'amour, c'était la vengeance.

— Ah bah!

— Oui, mon ami, j'ai été indignement exploité.

— Pas possible!

— L'ingrate! Voilà donc la récompense de tout le mal que je me suis donné pour mener à bout ce satané mariage! sans compter les cadeaux de noce et tout le tremblement.

— Pauvre ami! moi qui te croyais au comble de tous tes vœux!

— Ah bien, oui! Le jour de la noce, le mari ne la quitte pas d'une semelle. Je me dis : c'est son droit. Le soir, on sautille, je fais danser la petite, et je lui souffle quelques mots; elle rougit et ne répond pas. Je me dis : c'est son affaire. Le lendemain, elle était radieuse. Je parviens à être seul avec elle quelques instants. Alors elle m'avoue qu'il s'est fait en elle une révolution, qu'elle continuera certainement à m'aimer d'amitié, mais qu'elle a compris les devoirs de sa position; que je suis trop galant homme pour vouloir la compromettre, ce qui arriverait nécessairement si je continuais mes visites; qu'au reste elle n'oubliera jamais tout ce que j'ai fait pour elle. L'épigramme était sanglante. Je ne me tiens pas pour battu. Hier j'ai essayé de revenir à la charge, mais le mari m'a flanqué à la porte. C'est un butor. Alors j'ai reconnu qu'on s'était moqué de moi, et aujourd'hui, pour me venger...

— Pour te venger, interrompis-je, tu t'es muni des lettres de la demoiselle.

— Tiens? d'où sais-tu?

— Et tu lui as dit: Madame, prenez garde!

— Oui, mais...

— C'est tout simple: n'ayant pas reculé devant une combinaison odieuse, tu ne devais pas reculer devant une indélicatesse.

— Va-t-en au diable avec ta morale! Sais-tu ce qu'elle m'a répondu, toi qui sais tout?

— Montre-moi donc ses lettres, lui dis-je en fouillant dans ma poche; je suis curieux de voir quelque chose. »

Il me tendit le paquet de lettres. J'avais fini par retrouver la facture que m'avait remise Mlle Hortense. Je comparai les deux écritures.

« Elle t'a répondu, dis-je en présentant la facture ouverte à Rodolphe, elle t'a répondu : « Monsieur, faites ce que vous voudrez, ces lettres ne sont pas de ma main. »

Là-dessus, je m'apprêtais à dire vertement à Rodolphe tout ce que je pensais de sa conduite, lorsque sa fureur coupa court à mon indignation.

« Comment! s'écria-t-il avec une voix et une mine d'apoplectique. Tu ne m'as pas prévenu! tout est fini entre nous!»

J'aurais pu répondre bien des choses; mais je n'ai jamais d'esprit que le lendemain.

Voilà comment je me brouillai avec Rodolphe Bournot.

Je n'en pleure pas.

PARIS. — IMPRIMERIE CHAIX, SUCCURSALE DE SAINT-OUEN, 36, RUE DES ROSIERS — 266-2

BIBLIOTHÈQUE DE BONS ROMANS ILLUSTRÉS

Format grand in-4°

Extrait du Catalogue de la Librairie DEGORCE-CADOT, 9, rue de Verneuil, Paris

Paris. Typ. Collombon et Brûlé, rue de l'Abbaye, 12.

www.ingramcontent.com/pod-product-compliance
Lightning Source LLC
Chambersburg PA
CBHW061702180626
46818CB00003B/1220

* 9 7 8 2 0 1 9 5 3 8 8 5 9 *